EIGHTY-SIX DAYS IN DREAM

在最美年华
做最好的梦

86日环球邮轮漂流记｜李欣◎著

广东旅游出版社
GUANGDONG TRAVEL AND TOURISM PRESS

中国·广州

图书在版编目（ＣＩＰ）数据

在最美年华，做最好的梦 / 李欣著 . — 广州 : 广东旅游出版社 , 2016.8
ISBN 978-7-5570-0344-9

Ⅰ . ①在… Ⅱ . ①李… Ⅲ . ①游记－作品集－中国－当代 Ⅳ . ① I267.4

中国版本图书馆 CIP 数据核字 (2016) 第 034659 号

出 版 人 : 刘志松
策划编辑 : 陈晓芬
责任编辑 : 陈晓芬
图片摄影 : 金 波
装帧设计 : 史蒂芬
责任技编 : 刘振华
责任校对 : 何清文

在最美年华，做最好的梦
Zai Zuimei Nianhua , Zuo Zuihao De Meng

广东旅游出版社出版发行

（广州市越秀区环市东路 338 号银政大厦西楼 12 楼）
邮编： 510180
电话： 020-87348243
网址： www.tourpress.cn
印刷： 深圳市希望印务有限公司
（深圳市坂田吉华路 505 号大丹工业园 A 栋二楼）
开本： 889mm x 1330mm　32 开
字数： 190 千字
印张： 8
版次： 2016 年 8 月第 1 版
印次： 2016 年 8 月第 1 次印刷
定价： 49.80 元

目录

I

前言

环游世界是多少人的梦想？
又有多少人能在最美好的年华实现？

2015 年 3 月，一场波澜壮阔的环球之旅从上海开启，
这条首次从中国出发的环球航线，承载着无数人的期盼与希冀：
走遍五大洲、跨越三大洋，途经 18 个国家，共计 28 个魅力无边的目的地。

若你参与其中，你或许是时代的宠儿，或许只是任性的旅者；
无论如何，你是幸运的。
若你未能同行，书中的 10 万文字、千张图片，
将带你游历绚烂多彩的十万里环球征程。

愿此圆梦之旅，能唤醒你藏在心底的那些梦，重新找回激情与勇气，
继续前行！梦想的存在从来不仅是为了实现，
而是在逐梦路上找到更好的自己。

3月1日 / 上海 / 阴

向世界出发！

启航之日如期而至，上海美丽依旧，

有着广州感受不到的、属于冬天的萧瑟与冷冽。

外滩风华绝代，东方明珠，此刻起我与你的距离是：

以你为起点，环绕地球一周再回到你身边。

待我走过 18 个国家，我们便会再相见。

到达码头时，出发大厅正在进行启航仪式，热闹非凡。托运行李、过关手续都很简便，顺利登上"海洋城堡"大西洋号。

即将伴随我 86 日、走遍五大洲三大洋的新家庐山真面目如何？先从登船那刻说起，唯一感觉——大！楼高十层，在二楼大堂仰望观光梯，甚为壮观。餐厅、酒吧、咖啡厅、图书馆、健身中心、美容沙龙、电影院、剧场、卡拉OK、免税店……一应俱全，顶层甲板还有好几个泳池和按摩池。

第一次搭乘邮轮，临行前最担忧的便是晕船，但见城堡如此庞大，心便安了。上船几天不曾感觉晃过——当然，也许因为一直风和日丽、天气晴好，待遇上风浪再探讨是否经得起考验。

作为船方特邀乘客，登船次日我与管理层会面，船长是位和蔼可亲的意大利绅士。咦？手中是何异物？还未介绍我的"环球团队"：摄影总管爸爸、家政总管妈妈，还有这位"小木棉"，听名字便知晓来自大广州。

当天会面的还有行政总厨、酒店总监、娱乐总监。总厨介绍，他们为这趟首次从中国出发的环球航线设计了多款符合国人口味的菜式，"吃货"听闻甚为惊喜。

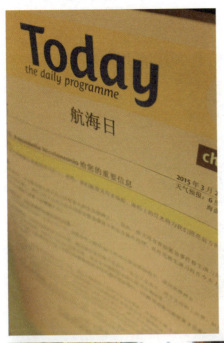

除了"会不会晕船"，出现频率最高的提问便是"会不会闷"。出发前也曾忧心忡忡，但送达房间的这份 *Today* 打消了我的顾虑：此乃船上最重要的资料，每日更新，告知次日各项活动，从早到晚完全排满。以第一天为例，细数我的丰富日程：学意大利语、学舞蹈、图书馆借书、逛免税店，还看了场精彩的魔术表演，几乎连游记都无暇细写，还有很多感兴趣的未及参加，恨不得分身。

简单分享两个最爱之地，一个是意大利语课室，位于 3 层的弗洛里安咖啡厅，看起来是不是特别有格调？告诫自己必须坚持，争取下船时已能说上几句"骗骗人"。这两天练长卷舌音，感觉舌头都要抽筋了……据说漱口时练效果不错，晚上试试。

另一个心仪之地便是图书馆，中英文书籍都有，还可以下棋、上网。书借多久都没问题，但千万别弄丢了，否则……盛惠 15 美元 / 本。

最后放上我的"水世界工作室"，猜猜这是哪儿？

房间私家阳台！面朝大海、春暖花开，如此美妙境界下创作的游记，是不是能让你闻到海水的味道？开篇先分享到此，虽然还只是"漂"着，一个目的地都未到达，但海上生活如此丰富，又怎会枯燥？还有瑜伽、健身课程、手工艺术等各种好玩项目，待我抓紧时间逐一体验。即将到达香港，地点虽不新鲜，却是环球之旅第一站，充满期待！

3月4日 / 香港 / 雨

　　清晨7点，醒来发现船已然靠岸，第一个目的地终于到达——香港启德码头。虽是再熟悉不过的城市，内心依然雀跃。飞扑出阳台看海景，天色暗沉、景致一般，却无损心情。

初次入关

　　第一次离船入关，发现此行无需护照傍身，手持房卡便可在港口自由进出。个人护照登船时已上交，旅程结束后再归还。既方便统一清关，也不必担心带在身上会丢失，非常适合迷糊的"大头虾"。取而代之的是一本"个性化护照"，乘客可在每个关口盖章留念。

　　走出栈桥，一位负责盖章的意大利帅哥向我们热情招手，可当时啥都顾不上，直奔关口，因为有件特别重要的事情要做——拿行李回船！什么情况？暂时先卖个关子。

　　无需经历出入境的繁琐手续，上下船很方便，回房间放好行李便安心出发。再次来到盖章处，我问帅哥能不能自己来，他乐呵呵地说"sure（当然可以）"，还教我怎么弄。后来发现他是意大利语进阶班的老师，每次碰面都会给我一个大大的拥抱。

为自己盖上环球之旅第一站的印记。28个目的地、28个兄弟姐妹，待我慢慢凑齐！

对于香港我们并不陌生，反而因为太熟悉了一时不知有啥可玩。最后我们决定去中环的摩天轮转转，至少那里是个新景点。然后买点东西，大功告成。

中环摩天轮

香港最便捷的交通工具自然是地铁，很快到达中环。突然想到一个大问题：难得网络发达，是不是该抓紧发游记？毕竟船上的网速，那是要多慢有多慢……于是地陪"童鞋"——劳苦功高送行李兼陪吃陪喝陪玩的义气老弟，带我到麦当劳"蹭网"，传完资料终于可以好好做个称职的游客。

在附近找了家茶餐厅，点个套餐、喝杯奶茶，吃完便准备出发，不曾想竟下雨了，而且还不小。正焦急着，一边祈祷接下来的行程天气晴好，一边安慰自己：幸亏这站是香港，没太多目的地……心宽，时间过得便快，感觉也没等多久雨便停了。广场上的香港特色景观得来一张："要影埋国旗同区旗啦！"广州的小伙伴们，看到这句话是不是特别亲切？

终于来到香港站愿望清单的 One and Only——全新的"中环摩天轮"，无奈雨天拍不出好效果，只能借用官方图

在这座通往 IFC（国际金融中心）一期二期的天桥上，拍摩天轮最棒了

多数人眼中，摩天大楼、购物天堂、游人如织、行色匆匆……这些都是香港的标签。往日赴港也都是马不停蹄，从未想过停下脚步拍照。唯一一次认真摆拍是受香港旅游发展局邀请，担任"万圣节"旅游推广大使，一口气去了海洋公园、迪士尼乐园、兰桂坊、蜡像馆……把该玩、该拍的都完成了。然而今天，作为"环球游"首站的香港意义非凡，仿佛有股使命感在燃烧。路上看到某个角度的摩天轮特别美，又忍不住拗腰拍了许久。

购物天堂

游览部分告一段落，血拼去！码头附近有几座商场，我们逛了好一会儿，买了堆零食和日用品，然后便坐穿梭巴士回邮轮。推开房门，偌大的箱子在守候，足足收拾了俩小时。揭晓开篇埋下的"行李的秘密"：里面全是衣服，保守估计达 70 斤！此行本就漫长，从冬走到夏，一家三口出行装备规模惊人，堪比乔迁。为了赴上海那程能稍微从容些，春节时便拜托香港的弟弟先扛来一箱，算好时间今天再送来码头。

"环球游"第一站香港，轻松开篇、安然结束。在海上漂了两天，几乎与世隔绝，突然回到"现实世界"，能随时刷屏更新、查询资料、回复邮件，好怀念！接下来肯定没这样的好事了，到时再想办法吧。说实话，也该尽快适应没有网络的"原始生活"，学会与自己独处，适应寂静与清幽，安心享受这梦一般的悠长假期。

下一站，越南。

旅行装备

游记发布后不少朋友问到："环球游都需要啥装备？"其实出门在外无非衣食住行，邮轮上吃住都已解决，服饰纯属个人风格无需赘言，剩下的便只与"行"相关。

摄影器材

索尼微单＋变焦镜头；富士数码相机；卡西欧"自拍神器"；苹果手机；三脚架、手持架、反光板……都是入门装备，大家应该一目了然。

面子工程

在澳洲留学时，曾经一次大意，在海边晒伤了。自此皮肤变得非常敏感。因而防晒用品我最为重视，带了好几款不同度数、不同功效的，希望此行好运。其余瓶瓶罐罐都是日常用品，保湿为主。

精神食粮

身体和灵魂都要在路上。出发前查资料，得知邮轮有图书馆，只随手带来一本《听南怀瑾讲佛学》。《密码》是在上船后借的——其实卫斯理的书很早前已基本看遍，但翻翻解闷也无不可，看完再换别的。

3月7日 / 越南·胡志明市 / 晴

　　"环球游"第二站，依然是一个已打过照面的地方——越南胡志明市。她曾经还有一个充满异域情调的名字：西贡。数年前，我曾以"亚运记者团"身份，出访新加坡和越南，当时便去了河内及胡志明市。一直对这个曾经的法国殖民地念念不忘，不知这次重逢会带来怎样的惊喜。

　　出发前，收拾外汇发现上次剩余的越南盾还不少，一起带了过来。看着那么多"0"的越南盾，感觉自己好富裕。再抽2张"富兰克林"傍身，合个影! 提前一晚送达房间的落地签证，每人6美元，还算实在。不过，那么多国家都对中国免签了，"心连心"的越南是不是该跟上国际步伐呀!

　　第二天一早，走出阳台，映入眼帘的依然是岸边景致。有别于香港的摩天大楼群，对岸满目草绿；迎风摇曳的茂密植被，似乎在列队欢迎这艘庞然大物。从上一站繁华熙攘的现代都市，转场为春意盎然的自然风光，新鲜感大增。

　　这里是头顿，越南一个很受欢迎的海滨度假胜地，距离胡志明市75公里。邮轮在此停靠，乘客可以选择头顿乡村之旅，亦可继续出发前往胡志明市。到达前向当年访问越南时结识的华侨记者同行取经，得知胡志明市来往头顿的交通还算便利，于是带上爸妈与两位船友自组小分队包车前往。

踏上码头，众人都不由自主把镜头锁定巨轮，拍个不停。难怪大家如此兴奋，上海与香港的码头都挺大，各种建筑物遮挡，难以得见邮轮全貌。今天是大家第一次完整地欣赏到这座海上城堡。

码头上数十部小车一字排开，都在招揽邮轮乘客。某位船友要直奔邮局，而我则需先买 SIM 卡（越南朋友指导，只上网不通话那种即可），我们选了位会说简单英文的司机，随后按需求逐一带到。

先是邮局，船友在里面待了挺长时间，只见职员不停更换机器帮他盖各种印章，看来是位集邮迷。邮局事情办完，司机带我们来到一家小店买电话卡。解释过后，店员找到这款，才 60,000 越南盾（约合 3 美元（人民币 18 元），有 2G 流量，足够用一天了。

店员很实在，虽不会用英语，聊不来天，但二话不说就给我们换好卡。我打手势问他拿张纸，打算包好原来那张，以免弄丢，他直接送我们几个小盒子。离开时，问他能不能拍张照，他愉快地给我"耶"了一张。这是整个环球之旅，我拍下的第一位异域有缘人。

所有准备工作告一段落，驱车前往胡志明市。路挺好走，车程约一小时，途中正好上网发发游记、传传图片。这卡太好用了，性价比一流！

圣母大教堂

时间过得飞快，转眼便到胡志明市中心。第一站圣母大教堂，这是全越南最著名的景点，始建于 1877 年，耗时 6 年而成。两座 40 米高的钟楼塔尖巍然挺立，仿造巴黎圣母院的外形。建造教堂的红砖还是当年从法国运来，至今颜色未褪。这座天主教堂还在使用，到礼拜日和宗教节日还有信徒做弥撒。其外立面、内部结构以及装饰都非常精美，许多细节值得细细品味。

殖民地风格为教堂披上迷人的面纱。都说建筑是凝固的音符，政权会更迭、历史会翻篇、时代会终结，只有建筑——保存完好的建筑，遗世独立地在每一个属于自己的角落，向世人娓娓诉说它们见证过的沧海桑田。

信仰是一件很有力量的事物，抓不住摸不着，却能赐予信徒无穷力量和道德约束。都说我们缺少信仰，这确是许多社会问题的根源。若有信仰，我们的食品安全、医药安全、假货 A 货应该不会如此泛滥……就此打住吧，专心写游记。

这处举世闻名的旅游景点，四周自是喧闹异常；然而踏进教堂，却迈入另一境界。这种静谧与神圣，便是一群有信仰的人散发出的磁场，让人不由自主地屏气凝神、反思自身。

不打扰，便是最好的尊重。

再来几张"游客照"。天气极好，听说当日广州正在大降温，上网一刷，满世界都在喊冷。我都没好意思在朋友圈嘚瑟这里如何艳阳高照。越南朋友提醒："户外39℃，小心中暑。"这才3月初呀，酷暑时节怎么熬？

中央邮局

离开教堂，马路对面便是中央邮局，痴迷邮票的船友誉其为"世上最美"，提醒我们必须朝圣。这些地标我都不陌生，亲切之余分外着迷，自然不会错过。

中央邮局也是殖民地时期由法国人设计建造的，恢弘的空间气势、华丽的装潢、精美的地砖、古典的色泽、圆顶式结构……无不流露出旧时欧式气派。更为难得的是，邮局至今仍在营业。

里面非常热闹，可邮寄包裹、快递、明信片……不同柜台有很多，工作人员却没见几个。

这是寄明信片的柜台，明信片 11,000 盾 / 张，邮票 6,000 盾 / 张。（汇率基本按 20,000 越南盾 :1 美元）

邮局两旁出售越南特色工艺品，可惜跟我几年前看到的基本一样。大概全世界旅游景点都如此，要淘真正的好东西，必定不能指望这儿。

逛完这两处，便到午餐时间。司机二话不说带我们去到一家特别气派的中餐馆，叫"海上皇宫"，说是"Very good Chinese food"，可我们来这吃中餐不是秀逗了？进去绕了一圈摇着头出来，拜托他带我们去地道越南菜馆，于是来到这家。

装修是地道越南风格，出品不错，价格也公道。春卷、甘蔗虾、牛肉粉、三色冰，都是记忆中的味道。越南朋友告知：这的确是家老字号，不过是"冒牌"的，正宗那家搬了地方。哈哈！真有趣，无所谓啦，反正不是吃名气，食物不错就行。

还有不少地方值得一看，吃完我们便动身。

统一宫

　　包车最大的好处便是省却站点之间的折腾，而且司机是本地人，肯定不会带错路。很快来到统一宫，前称"独立宫"。这座楼高四层的白色建筑，面积达 12 万平方米，是前南越政权总统府所在地。建筑和庭院都是左右对称结构，看上去庄严、威仪而整洁。内里遍布各类房间，可以看到外交、宴会、居住、军事指挥等功能体现的妙处，大多房间可供参观。

　　1955 ~ 1975 年，越南战争持续了 20 年，这是历史上最受争议的战争之一。南越首都正是西贡，1975 年 4 月 30 日，一辆北越军队的坦克驶过统一宫正门、占领西贡，象征越南获得解放。城市自此更名为胡志明市。

　　门票不贵，30,000 越南盾，约合 9 元人民币。买票时被告知带来的有些是旧钞，20000 和 5000 两张蓝色纸币已不再流通（新钞都是胶质），只能拿去当地银行换。好吧，收藏起来，可惜比较残旧。

　　篇幅所限，统一宫无法再细述，有机会值得单独出一篇。离开后，司机带我们绕去附近的战争博物馆，可惜馆藏一般。

滨城市场

　　越南朋友提醒我，滨城市场一定得去，那是胡志明市最拥挤最好玩的地方，已有300年历史。里面应有尽有，水果、烟酒、咖啡、衣服鞋子、饰品摆设、小吃店、纪念品……既满足当地人的日常需要，更吸引游客眼球。只可惜，市场内部没有空调，非常非常闷热，记得穿清凉些，以免中暑。

　　整个片区出入口众多，如果分散行动，务必记清集合点位置。看到每个出入口都停泊着大量摩托车，想起上次初见越南摩托大军，彻底惊呆……这次自然见惯不怪。

　　逛完滨城市场便启程回头顿，时间刚刚好。"环球游"第二站胡志明市，虽无惊喜，却甚欢欣。故梦重游，带着怀念与旧情再相逢，自是分外美好。下一站泰国·普吉岛。

3月10日 / 泰国·普吉岛 / 晴

　　"环球游"第三站还是一个老地方，安达曼海上的明珠——泰国普吉岛。这是泰国最大的海岛，也是泰国最小的"府"（相当于我们的省）。岛的西海岸正对安达曼海，遍布原始幼白的沙滩、奇形异状的石灰岩、丛林茂密的山丘，吸引全球各地大量游客。

　　邮轮太大，无法靠岸停泊，需在海中央接驳渡轮，前往举世闻名的度假胜地芭东海滩。海上城堡就在身后，欢送我们离船登岸。

　　渡轮得开上一段时间，为了躲避艳阳，我坐进船头驾驶室。船长很好说话，特意让开位置招呼我过去拍照。旅游胜地的服务意识太靠谱了！

下船时抓住船长合影一张，晒得黝黑发亮的船长，帅呆了

对泰国一直情有独钟，2014 年年底去过清迈。普吉岛五六年前便来过，当时路线是曼谷—普吉—PP，主打观光和浮潜。爸妈之前也都来过泰国，该玩的已玩遍，因此今天继续轻松休闲游。

上岸先取钱，带来的泰铢只有清迈用剩下的 70 Bah（约合人民币 15 元）。

还是决定包车，普吉岛说大不大，说小可也不小。景点遍布全岛，烈日之下光靠走可吃不消。司机一直想带我们去花钱的地方，不停问："要不要买腰果？珠宝？蜂蜜？骑大象？看泰拳？耍猴儿？……"Sorry，我们意志坚定地只去景点。

关于普吉岛的几个重要数字：

1. 泰国第一大岛屿，周围有 39 个小离岛。

2. 岛上有 70% 为山区，除了市中心，到处可见郁郁葱葱的树林。

3. 旅游旺季在 2~3 月，这时天气最好，海水平静。4~11 月则是雨季，天气潮湿，会有台风。

4. 普吉岛著名的"3S"景观：Sunshine（阳光）、Sea（大海）、Sand（沙滩）。

5. 普吉有 3 个著名海滩，分别是 Patong（芭东）、Karon（卡伦）和 Kata（卡塔）。

经多回合沟通，敲定今日行程：卡伦海滩—查龙寺—芭东镇—芭东海滩。

TIPS 小贴士

1. 在泰国旅游尽量别去换汇店，消费直接刷卡或 ATM 取现金都较为划算。例如当天 ATM 提 2000 泰铢，手机收到信息提示"兑换为人民币 396.15 元，手续费 15.96 元"。对比好几家换汇店，都比这个汇率高不少。

2. 尽量预算好大概花费，一次取够，免得多次提取浪费手续费。

卡伦海滩

　　第一站便是位于半山腰的这片卡伦海滩，基本都是外国人，比芭东清净许多，景色也更美。果然还是外国人会玩儿……烈日太晒，实在没勇气下水，就在沙滩上走走、赏赏景。

　　如此清澈夺目的色彩，只在海滨拥有。阳光真是世上最好的打灯师，随便怎么拍都好看。但记得戴上太阳镜，不是为了有范儿，而是艳阳当空、光芒万丈，亮得睁不开眼，摘下眼镜半分钟已受不了。还有，别忘了定时补搽防晒霜。

　　玩了大半小时，待不下去了，撤回车上吹空调。真佩服就这么撤开身子晒太阳的外国友人，太洒脱了！再会，大海。我很期待自己卸下防备投入你环抱的那一刻，可惜不是今天，拜拜。

继续往山上走，山路挺蜿蜒，偶尔路过一片平地便会开拓为小闹市，酒店、旅馆、餐厅、商场林立。我正张望着，却发现已来到这处观景平台（Karon View Point）。

景色确实不错。不知是近几年新建的，还是上次来没仔细研究攻略？反正之前没来过。俯瞰远处，一览众滩小，有股君临天下、气吞山河的壮阔感。见到不少"自拍神棍"，中外友人都在用。其实我也有，可觉得用起来有点傻，压根没带上船。刚开始看到"神棍"出没，感觉画面实在诙谐，看多了发现其实很英明。既不用拜托路人拍合照，视野也更好。

路上见到无数大象，900泰铢可以享受半小时"大象之旅"。我们三人都分别坐过，便没再考虑。转眼便是午餐时间，随便进了一家餐馆（其实选择不多，不少还没开店）。点了地道泰菜：冬阴功汤、绿咖喱牛肉、香椒大虾、炒牵牛花、菠萝饭、椰子汁，好吃！可惜没怎么见海鲜，"大餐"貌似只在晚上出动——夜里才是普吉岛的黄金时间，歌舞升平，热闹喧嚣。

吃完便启程前往岛上最负盛名的寺庙，查龙寺。

查龙寺

寺里藏有三位普吉岛居民深为景仰的僧侣铜像，分别是銮朴成、銮朴荃、銮朴庄。泰国人深信正是这座寺庙保护普吉岛免受灾难，因此查龙寺又名"銮朴成寺"。这里除了香火鼎盛，还不时传出连串响亮的鞭炮声，是信徒向佛陀献上的祭物。

TIPS 小贴士

参观寺庙必须脱鞋，男士须穿长裤，女士着裙须过膝。

若身着迷你裙或领口过低，入口处会有工作人员递上长纱借用。

不停看到有信徒往铜像贴金箔，应该是供奉的一种形式。据观察，镜头中这位信徒示范的是标准动作：先以右手所持水壶往铜像上喷水，然后左手拿着贴有金箔的白色纸片往上抹，金箔便覆在铜像之上。

寺庙内金碧辉煌，是泰国特有的金
光灿灿。一层、二层是敞亮的大厅堂，
三层是座亭子，正中央覆盖一顶巨大
的玻璃罩，内里有佛像、莲花台，还
有供奉的舍利子。亭外则是一处大平
台，远眺可见寺庙全景。蓝天白云、
青山红瓦，极为恢宏大气。下来后不
舍得马上离开，顶着烈日再漫步一圈，
欣赏百看不厌的泰式庙宇。

查龙寺在半山腰，驱车返回芭东镇已是下午时分，很多店铺依然未开，
商场倒是挺热闹，进去逛了会儿，顺便叹空调缓口气（外面真心热）。
布置还是中国农历新年的元素，非常喜庆。

在泰国怎能错过"马杀鸡"，必须来一场或温柔或猛烈的泰式按摩！
为了腾出手上会儿网，点了足部按摩，一小时250bah（约合人民币50元）。

按摩完神清气爽，再
去海滩踩踩芭东的沙。
岸边木船插满缤纷绚
丽的国旗，极富风情

几年前在芭东，曾"醉"倒在夕阳脚下，始终念念不忘心生向往。难得再次到来，必定不会错过。只是今天更为独特，回到邮轮在海中央看日落。

登上甲板时，夕阳已没入海底。落日映红了天际，漫天的火烧云，藕粉红、水湛蓝、鹅蛋黄、淡彩紫、水墨灰……数不尽的妖娆色彩，任何颜料都调制不出，只有大自然的妙手才能做到。

愉快地在甲板起舞，裙摆随风飘扬，胜似此刻幸福溢满的内心。人生能二度艳遇此番夕阳，作为一个旅者，知足了。

随着醉人的夕阳隐去，夜幕降临。"环球游"第三站于无限回味中结束。

3月13日 / 斯里兰卡·科伦坡 / 晴转雨

　　"环球游"第四站，终于来到一个陌生国度，说不出的期待。斯里兰卡，原名"锡兰"，被誉为印度洋的一滴眼泪。都说这是一个让人微笑的国度，因为这里的人们爱笑，"他们虽然贫穷，幸福指数却极高"。来之前，便对这个目的地充满好感。先送上一张极为喜爱的照片，这是此行最美好的收获。

　　行程结束后，一直难以下笔，只因回忆中夹杂着各种爱恨情仇，生怕情绪左右笔端，破坏了曾经心中的无限美好。怀念一座城，往往是为着怀念一个人。我对斯里兰卡的矛盾心情，自然也是因为那里的人。反复碾压回忆中的冲突，待到此刻心情平复，可以客观做出判断，才打开这个潘多拉的盒子，一笔一笔细细道来。

既是游记，便从头说起，那日的故事从晴好开始，一如那日的天气。科伦坡，一座非常美丽的城市，在僧伽罗语中意为"海的天堂"，是斯里兰卡的首都，素有"东方十字路口"之称。这里气候宜人，高温却无酷暑，年平均气温27℃，全年均适宜旅游。

　　听从某位船员建议，说"地方不大，几小时就够了"，因此在码头跟租车公司只要了半天的车，这为整个故事埋下伏笔。司机人很好，健谈随和，爱自己的国家，也爱中国，一路上为我们讲述各种故事。

　　在码头遥望斯里兰卡，远方便是科伦坡的"Twin Tower"（双子塔）。司机开车经过时特意指给我看，想必是他们的骄傲。我说："马来西亚吉隆坡也有举世闻名的 Twin Tower，我去过。"他说："是呀，但这是我们的。"

　　当天适逢印度总理到访斯里兰卡，沿路插满两国国旗。经过总统府更是看到礼炮遍布、乐队驻守、警车开路，司机说我们实在幸运。

经过被誉为科伦坡"白宫"的市政厅，下车拍了几张"游客照"，对办公场所兴趣不大，没进去。后来听入内参观的朋友说："里面特别简陋，没啥可看。"

坐在车里，眼睛都不舍得眨，生怕错过一街一景。对这座充满原始异域风情的城市充满好奇，感觉一切都如此迷人。在老城区，既有许多殖民地风格的建筑，也有无数昔日建造的印度教、佛教、伊斯兰教和基督教的庙宇教堂，交相辉映。

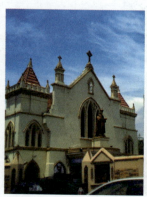

冈嘎拉马雅寺

　　计划中的重点行程，首站便是冈嘎拉马雅寺 (Gangaramaya Temple)。斯里兰卡深受佛教文化影响，有着无数寺庙，冈嘎拉马雅寺当属其中最为著名的一座。这里有无数价值连城的佛像、珍贵藏品，看上去更像佛教的图书馆、博物馆和佛学院，令众多信徒向往。

许多身穿白衣的信徒在虔诚礼佛、诵经打坐，为庙宇平添几分庄严与圣洁

司机一路指引，为我们介绍各类藏品。这尊泰国赠送的金佛，据说是世上最小，目测还不到尾指的指甲大。

这尊佛像，也是他特别拉我过去看，说是中国赠送。任何一个角度看去，佛像的视线都是朝向受众，工艺独特、非常神奇

看到大象，想起斯里兰卡有处景点叫"大象孤儿院"，专门饲养在野地被离弃的幼象。我问司机："你们国旗上是狮子，那大象和狮子，哪个才是斯里兰卡的国宝级动物？"司机摇摇头说："都不是，是乌鸦。"对呢！看过资料都忘了，乌鸦是斯里兰卡的神鸟，极受国民敬重，寺庙里随处可见。

这副大象标本，是寺里供养的"神象"

寺里馆藏惊人，有无数故事值得挖掘，各色宝物在暗自诉说着神秘迷人、流芳百世的传说。如果时间允许，我可以在里面泡上一天。可惜时间实在有限，唯有拼尽全力用镜头记录下一点一滴。

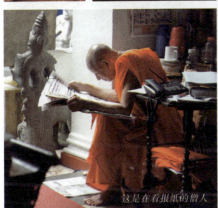

这是在看报纸的僧人

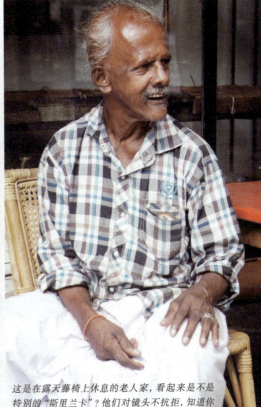

这是在露天藤椅上休息的老人家，看起来是不是特别的"斯里兰卡"？他们对镜头不抗拒，知道你要拍照，大多会冲着你微笑

还有这位送我红手绳的，应该是住持。他特意招呼我进玻璃室参观，为我绑上手绳后，还指着舍利塔里的珍品，提醒我不要错过了。

看我流连忘返，司机着急了，说还有很多地方没去，得抓紧时间。离开 Gangara 寺那刻，万分不舍，我跟自己说："一定会再来的。"

国家博物馆

　　转眼便到斯里兰卡国家博物馆。这里不仅是科伦坡的著名景点，也是斯里兰卡最大的文物收藏地，陈列着各个历史时期的珍贵文物。当中有块明朝三宝太监郑和下西洋时，在斯里兰卡建立的纪念碑，碑顶刻着中国图案与文字，引人注目。

这张是斯里兰卡六代帝王坐过的皇椅，饱含历史沧桑痕迹

馆里文物众多，值得细细品鉴

　　门票售价挺有意思，明显感受到他们对外国人的"歧视"。以成人论，国民收35卢比，外国人收600卢比，整整17倍（1美元约合130卢比）。

然而这一切都不是重点，对我来说，博物馆之行最大的收获是她们。

这群孩子太可爱了！当时我刚参观完，出来见到他们在等待分批进馆，一直在向游客招手。笑得那样灿烂无邪，我瞬间就被融化，忍不住过去合影。未曾想她们比我还高兴，全都涌了过来，把我搂得快透不过气。这样纯粹的热情与阳光，不就是一群天使？她们的笑颜让我彻底爱上了这个国度，说不出的喜爱。

上车后给司机看照片，不停表达心中喜悦。司机也特别高兴，突然找到此行主题，开始把中国元素贯穿起来。他先带我来到这片海滨看远方码头，说是中国援建的，非停下来叫我拍照。

然后是这座国家艺术剧院，司机特别自豪地说："你看，多么漂亮，也是中国援建的！"那样的友好、感恩、心满意足，让人无比温暖。

离开剧院，包车时间其实已结束，码头租车经理不停来电催他回去。但司机说："不管他，我继续载你们转转。"多好的人呀，接下来他又陆续带我们去了 Viharamahadevi 公园、中心景观湖、一座上百年历史的钟楼。

最后实在扛不住连环电话，方才遗憾地说："必须回去了，下次来斯里兰卡直接找我会方便很多。"他知道我打算去贝塔集市，还教我砍价："那里东西很便宜，开 100 你就还 50"，还提醒我要注意包包和贵重物品。我开玩笑："不用吧，斯里兰卡都是好人。"司机突然变得很认真："不能这样想，哪里都一样，即使 99% 是好人，还是会有坏蛋。"这是我在这个美丽的城市，第一次听到这番话，可惜我没放心上。

回到码头附近，与司机道别。他知道我身上没有当地货币（之前租车、门票都是美元支付），劝我们去 ATM 取些现金，因为很多小店不收美元。于是我提了 2000 卢比，用的是信用卡，不知道手续费多少。来之前没仔细看攻略，后来才知道蓝色的 Commercial Bank（商业银行）可以用银联卡。

走了两条街，总算找到家看起来比较干净的餐厅。不敢乱点，只要了炒饭和咖喱鸡，味道其实还行。当地人都是直接用手抓，我们好不容易讨了几只勺子。每桌还派送几张米色的纸，拿小碟子压着。搞不懂是干啥用，因为比较粗糙，又干又硬。问坐对面的紫裙美女，她比划着告诉我，是给客人抹嘴的。再指指上面吊扇、指指碟子，我明白了：怕吹走，所以找东西压着。嗯，讲究！

总共花费不到 1000 卢比，相对来说饮料较贵，每罐 140 卢比，约合 1 美元（7 元人民币）。同样规格在上一站的普吉岛 7-11 便利店才卖 14 泰铢，不到 3 元人民币。

吃完继续逛，找了一路的贝塔集市，遍寻不获。不知是否当地人不这样叫，或是不懂英文。反正每次问都是天南地北地指，让人摸不着头脑。幸好市容市貌我也爱看，不着急。途中偶遇一座漂亮的教堂和热闹的火车站。

路上遇见的每一个人，看上去都特别有风情、有故事，真想用镜头全部收录下来

见到无数卖彩票的小店，几乎走十步就有一家，开玩笑暗想："斯里兰卡人民是有多希望一夜致富。"

我是一名贪心的游客，不愿错过任何一处景致。就这么暴走着，妈妈有些扛不住了，天色也不大好，便让她跟同行朋友一起先回码头上船等。爸爸精力充沛，跟着我继续走。就这样，遇到了这篇游记不可或缺的主角。请大家只记住美好的笑容吧，就是他们（见上图）。

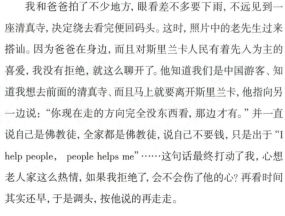

我和爸爸拍了不少地方，眼看差不多要下雨，不远见到一座清真寺，决定绕去看完便回码头。这时，照片中的老先生过来搭讪。因为爸爸在身边，而且对斯里兰卡人民有着先入为主的喜爱，我没有拒绝，就这么聊开了。他知道我们是中国游客、知道我想去前面的清真寺、而且马上就要离开斯里兰卡，他指向另一边说："你现在走的方向完全没东西看，那边才有。"并一直说自己是佛教徒，全家都是佛教徒，说自己不要钱，只是出于"I help people， people helps me"……这句话最终打动了我，心想老人家这么热情，如果我拒绝了，会不会伤了他的心？再看时间其实还早，于是调头，按他说的再走走。

一路聊着，也记不清都聊了些啥，大概就是早上去了哪些地方、司机有多好人、我有多喜欢斯里兰卡等等。还捡了几朵掉落在地的鸡蛋花，刚插好在耳边，老人招来了这部 tuktuk 车，说要带我们去走走，还讲了一通价钱，说什么一般见到外国人都至少开 200 卢比，现在他帮我们叫车，才 90 卢比。我压根没打算上车，完全没听。爸爸也说还是回去吧，别把时间弄那么紧张。

连续说了几次"不了，谢谢"。不知怎么他说起附近有一处印度庙，"叮"的一声，贪心的游客被戳中心房，想到今天虽然经过一处印度庙，但适逢午餐时间，没开放，现在正好可以弥补遗憾。就这么鬼使神差地上了车。

一开始还很兴奋，觉得斯里兰卡之行圆满了，连tuktuk都坐了，很是欢喜。可越走越偏僻，都进到郊区山路了，还在飞驰。我连问好几次怎么还没到，突然感到害怕，大叫"Stop"，心中暗自思量万一抢劫怎么办？！老人说："没事没事，很快就到，我是佛教徒。"又是这句话，把我情绪稍稍稳住，提心吊胆几分钟后，确实到了一处印度庙，便又欢天喜地开始游走。里面还是很漂亮的，但一个游客都没有——那么偏僻的地方，有游客才怪。老人招呼一位僧侣过来开门，叫我们买票，把我们带了进去。

逛了一圈，相机都没电了，爸爸不停催促我赶紧回码头，于是离开。继续一路飞驰，当时已经打好主意，这么好的老人家，即使他不停说"不要钱"，走的时候还是得意思一下。突然车又停下来，老人说到了一处荷兰殖民时期留下的教堂，叫我们进去看看。贪心的游客自然不愿错过，又进去绕了一圈。

可惜内里一片破败荒凉实在没意思。此时我也着急了，只想赶紧离开，强调几次"哪都不再去，马上回码头"。老人答应了，临走又叫我留点钱……开始感到无奈，心想我看起来很富裕，很慈善？可还是不好意思拒绝，又塞了些零钱进功德箱。

回去路上，竟绕到非常拥挤、落后的街区。我越发觉得不对劲，但完全未意识到问题所在，只一闪而过地担心不会是要把我们拐了吧，每一次的顾虑，都被老人不停强调自己是"佛教徒"而打消。直到他问起我拿的是什么货币，我才警觉起来，问老人："要给多少钱？"这时，问题来了。

两人叽里呱啦用当地语言说了几句，老人特别戏剧化地转头跟我笑："He's crazy, hahaha！（他疯了）"他说："司机要收 6000 卢比，你不用理他，有我呢，哈哈哈。"此时，再傻的人也该明白怎么一回事了吧，我收起笑容问他："那就是多少？"看着他们演戏似的从 5000 说到 4000、3500……我厌烦了，开始清醒意识到：这也许不是一个玩笑或误会，而是一个骗局。

我看着老人，心都碎了。也许你们觉得我也特别戏剧化，哪里至于这样？可我当时就是这种感受，不是为钱，而是觉得感情被践踏了。想起刚才还诚恳地跟他说："你真是一个好人，以后你来中国，我也带你到处玩。"现在想来，竟是那样一厢情愿！被朋友出卖的滋味，大概不过如此吧。

车在一路飞驰，老人强调"去了很多地方"，我问走了多远，他们说"26 公里"。上车没看表——其实压根不知道还有打表这回事，也不知道 26 公里是什么概念。爸爸继续乐呵呵地拍照、到处张望，我也不想吓着他，一直没跟他翻译，自己应对。丢开那份不值一提的"感情"，冷静下来，开始翻手机想找当地大使馆电话或报警，后来仔细权衡，不过是骗点车钱，算起来也没多少，认了吧。

老人一直作无辜状，年轻司机却已露出真面目，时不时丢两个恶狠狠的眼神过来吓唬我。最后两人叽里呱啦说："2500，不能再少了。"我知道根本没法说，也不打算再说什么，只想尽快离开他们。无奈身上现金不够，只能要求去 ATM，又提了2000。他们看我就范，没再到处绕，很快便回到码头入口处附近。司机非常"鸡贼"，不肯走到关口，离很远停下来，叫我给钱。

我脑中转了各种战术，想大叫，可一看周围都是黑漆漆的当地人，还是别吃亏。又让爸爸先下车，去关口确认一下，还想叫他偷偷喊警卫过来帮我们，转念再想他们也沟通不了，还是算了。钱能解决的问题就不是问题。万一把事情闹大，伤害到我们，更不值当。爸爸回来说："没错，就是这里"，我便放弃与恶势力抗争，给钱走人。老人举起双手，意思是与他无关。我把钱丢司机手里，最后冷笑着对老人说了句："You are Buddhist？"扭头便走。

故事到这里还没完，进入关口后，走回邮轮路上开始下雨。有辆大货车停在路边，司机招手叫我们上车，这回给我一万个胆也不敢了。再走了会儿，又有辆面包车停下来说载我们过去。车里两人看起来都是受过教育的，挺斯文，我离远大声问了句："Will you charge us？"对方连连摆手说不用，还给我看工作证，这才放心上去。

在车上跟他们讲述这个惊心动魄的故事，他们听到2500卢比坐了一趟 tuktuk，对视了几秒，眼珠子都要掉下来。坐副驾位那人回头，无比讶异地说："你英文这么好，怎么会坐 tuktuk？还发生这样的事？"我无奈地说："因为我以为斯里兰卡都是好人。"再一次，我听到这句话："你错了，世界上任何国家都一样，有好人就有坏人，不止斯里兰卡。"这一次，我真的相信了。

旅行，是遇见未知的自己。这趟行程给我上了一课：如果没有那位老人，我一定不会放下戒备，让司机宰这一刀。以后无论面对怎样的陌生人，都不能感情用事了，必须保持理智和警醒。接下来几天，冷静分析这个故事，终于从认定"被骗"，到宽容地解读：也许他们并不是存心设局，而是自己根本没问清楚，又不够机灵，这才给了人家绕路赚大钱的机会。

无论如何，必须承认他们让我对斯里兰卡的爱打了折扣、蒙了灰。但若问我有机会还会不会再来，我的答案是肯定的。因为还有那些天使一般的孩子，还有像租车司机这样的好人，以及迎面碰上便会微笑的路人……我们应该只记住美好的事物。

只是下次来，我会倍加谨慎。

3 月 15 日 / 马尔代夫 / 晴转大雨

　　"环球游"第五站，人间天堂马尔代夫，一岛一天堂、一沙一世界。清澈纯净的海水，绿得透亮；柔软细致的幼沙，白得无瑕。因美到极致的景色，被无数人奉为度假圣地。几年前来过，对那画一般的风光印象极好，有机会重游自是满心欢喜。

　　在这里，会被眼前色彩所迷惑，绿和蓝竟也有如此多层次：当环礁湖在暗礁边缘与海洋交汇，海水从近处的浅绿、翠绿、蓝绿演变至远方的湛蓝，与水蓝的天空彼此交融，再与雪白的浪花激荡出无与伦比的完美。

这座岛叫 Hulhumale，从首都马累坐渡轮过来大约 20 分钟

海岛篇

　　Hulhumale 位于马尔代夫机场岛以北，据说这座新开发的小岛是为了分担首都马累的负荷。岛上有各种水上活动、潜水、海钓、水上飞机、潜水艇等等。来这里就是挥霍时间，看看海、看看天，欣赏神奇罕见、千姿百态的海底生物及珊瑚群，享受灿烂奢侈的日光浴。记得放慢脚步，把自己从钢铁森林释放出来，换一口呼吸。

　　愿望清单上还有未完成的任务——潜水，选择 Hulhumale 便是因为潜水中心就在这座岛上，我想碰碰运气出海体验深潜。可惜一直问不到潜水的事，大概时间不对，都躲起来吃午饭了。我决定启程回马累，相信那里的旅游资源会更丰富些，定能找到合适的。

　　暂别了，美丽的海滩。

TIPS 小贴士

即使没有潜水牌，也可以背氧气筒下到水底 10 米左右，会有教练一对一带着，费用约 75 美元／人。

推荐几个有意思的水上项目

1. 水上飞机： 从天上俯瞰清澈无际的马尔代夫蓝色世界，再观望散落四处的碧玉似的岛屿，这种感觉不能更赞。在空中遥望玲珑精致的岛屿，屋舍处处、白沙铺展、椰林摇曳，把马尔代夫的各种蓝看个细致。需要提前预约，可在马累机场联系相关公司。

2. 潜水： 潜水看鱼群、体验水下另一个未知天地，几乎是来马尔代夫旅游的指定项目。这里多数酒店的潜水中心都会提供 PADI 执照的培训和考试，教练几乎都来自德国与瑞士。一般通过 3 天的课程培训就可考取 PADI 潜水执照，这种执照只允许 18 米之内的深度，如多加 2 天培训，便可取得 30 米深的潜水执照。另外，上飞机前 24 小时不能潜水。

3. 海钓： 这个也挺有特色，试想在如此美丽迷人的海面上垂钓海鱼，是不是有种返璞归真的情趣？先不说跟着当地水手乘风破浪去寻鱼有多酷，就是工具与技术也和普通钓鱼很不相同，尤其是遇到超级大海鱼慢慢袭来，体验征服感的时刻就到了！

4. 冲浪： 马尔代夫就是冲浪天堂，无数帅哥美女在海滩上不是晒太阳就是冲浪，很养眼。想要体验最高的海浪，一般在 6~9 月之间。

马累篇

来往海岛和马累的渡轮很便宜，平均 0.5 美元一程。基本都是当地人乘坐，见到不少穿着制服的学生，还有骑摩托车的年轻人。

特别喜欢这个小女孩，非常活泼可爱

马累是世上最小的首都，占地仅 6 平方千米，由 5 个区组成，居住人口约 11 万。这是距离码头一步之遥的马尔代夫总统府，那面飘扬着的红绿色旗帜便是国旗。

总统府不远是一个公共广场，栖息着无数鸽子，有人走过便成群飞舞，吸引游客纷纷拍照

这面国旗应该是马累出镜率最高的。正巧碰上军人在换旗，可惜等了许久都没再升上去，弄不明白怎么一回事，只好继续往前走。

　　在海岛，穿长裙踩踩细沙踏踏水挺浪漫，回到马累却稍嫌累赘。借用这座清真寺的洗手间换了身衣服，可惜寺里不让参观，只对穆斯林开放（网上也有资料说，正午以前及下午2~3点可以参观）。这里是马累的古清真寺，也称"礼拜五大清真寺"，纯白色外观美丽而质朴。若有机会参观，切记勿穿裙子或短裤。

　　我正拍着这面艺术墙，有位年轻人过来搭讪，说应该拍对面的雕塑。他说："那面墙是纪念马尔代夫跟斯里兰卡开战，而雕塑则是纪念马尔代夫共和国建立。"回去后翻查资料，这面墙是为了纪念在1988年11月3日发生于马累的恐怖袭击中牺牲的军人和平民。

一直找不到地方问潜水的事，看来还是高估了马尔代夫的旅游业发展水平。好不容易有人过来招揽生意，我问能不能马上出海，可惜等他打完几轮电话，回复却是："今天不行，时间来不及。"因为要先回Hulhumale的潜水中心，选好装备之后还得简单上课，然后才能出海。那时已是下午将近3点，确实来不及了。

好吧，放弃潜水。不完美的旅程，才是人生。暗自给自己找了个理由，今年得去个好地方认认真真潜一次。继续逛没多久，马累开始下雨，我们躲进各种便利店、手信店打发时间。可惜一如当年，手工都比较粗糙，没啥好买的。

这家店很有意思，老板桌面铺满各国货币，招财用的吧？真逗趣

雨越下越大，幸好没出海。于我而言，马累已是故友，并不好奇；而且实在太小，下雨前已基本走完一圈，连爸妈都觉得转够了。待到雨停，再踱回广场跟鸽子玩了会儿，"环球游"第五站马尔代夫，优哉游哉地结束。

下一站阿曼，神秘而美丽的沙漠珍珠。

3月19日 / 阿曼·塞拉莱 / 晴

"环球游"第六站阿曼 (Oman)，阿拉伯半岛最古老的国家之一，也是唯一拥有海滩、山地和沙漠的国家。既有美丽的自然风光，也有大量人文历史遗迹，被誉为沙漠里的珍珠。这不是一个国人熟悉的旅游目的地，网上攻略不好找，凭搜到的资料拟出今天愿望清单：塞拉莱、(Salalah)、塔卡 (Taqah)，还有"气孔"。三处完全不同路线，要想都去成只能碰运气了。

阿曼是保守的伊斯兰国家，言行必须尊重当地习俗，不可穿短裤、无袖装。特意选了黑色长衣长裤，见到的都直笑我入乡随俗

塞拉莱

塞拉莱是阿曼第二大城市，盛产乳香，被喻为阿拉伯半岛最香的小城。在发现石油之前漫长的4000年，乳香的价值曾等同于黄金，是统治者权力和财富的象征。在这座"乳香之都"，几处景点不得不提：Shanfari 清真寺，Al-Baleed 考古遗迹、Al-Husn 露天集市、绵延不绝的美丽沙滩。

第一次踏足阿拉伯世界，感觉沿途景致别有风情，清爽湛蓝的天空、恢宏大气的建筑、辽阔泛白的土地、连绵荒芜的山丘……就像进入现代版的《天方夜谭》。

Shanfari 清真寺

我们还是包车，司机虽然英文一般，但沟通没问题，所有名胜古迹逐一带到。先是Shanfari 清真寺，在炎热艳阳的照射下，大寺雪白神圣，耀眼夺目。入内参观规矩挺多：必须脱鞋、不让拍照、7岁以下小童不让入内。还有说必须佩戴头巾方可进入，但我看到大多数游客都没戴头巾。

里面没有太多吸引眼球的亮点，还不如在外部拍拍漂亮的大窗花，很特别。

这里大多数人口为阿拉伯人，外来人口也是印度、伊朗及巴勒斯坦人居多，所以伊斯兰教是当地最大宗教。看到沙漠中平地而起的神圣庙宇，迷人的中东风情更为浓郁。

Al-Baleed 考古遗迹

此处遗迹是塞拉莱最重要的博物馆，里面陈列了各类珍贵展品，讲述当地的考古、历史和遗产。这里曾是古代各国通商中非常繁华而重要的城市，是乳香贸易的中心点。随着时代变迁，它逐渐被世人遗忘，只留下这处宏壮的建筑遗址。

门票按车收费，每车 10 美元。馆内同样不让拍照，只能分享户外的渔船遗迹。这种传统的渔船主要用于佐法尔（阿曼南部地区），人们向近岸处停留的大型轮船摆渡并装卸货物，或是用来捕捞沙丁鱼。

喜欢香水的朋友可以留意馆内手信店，品种极多，我们无暇仔细挑选，只好不带走一缕馨香地离开了

Al-Husn 露天集市

得益于上天的恩赐，塞拉莱与阿拉伯半岛其他地区的炎热干燥气候完全不同。每年 6~8 月，这里雨量充沛，不但适宜种植热带果树，也令山地粗糙的石灰土壤培育出稀有的优质乳香。在城里大街小巷游走，各色乳香气息扑鼻而来，或清幽或甜腻。空气中洋溢着浓郁的薰香，闭上眼睛也知晓正身处极具异域风情的国度。

Al-Husn 露天集市是购买乳香、织品、黄金和白银的盛地。不知是不是去太早了，很多店铺都没开，但透过玻璃看进去感觉大同小异，应该就是价格和款式有些许差异。除了反复提及的乳香，这里的羊绒制品和棉制品也很有特色。

塔卡

　　在集市逛了一圈，司机催促我们启程去塔卡 (Taqah)，那是一个风景秀丽的小镇，居民原来都是渔民或农民。司机告诉我，他爷爷便来自塔卡，所以他自己特别喜欢那儿。一路上还分享了不少趣事，遇见好玩的会停下来叫我们拍照，例如阿曼特有的单峰骆驼、漂亮的城堡等，还特意拐进一家五星级酒店让我们看看。

　　最后停在一处挺气派的城堡外，司机下车跟里面的人聊了会儿，叫我们直接进去。原来这是 Taqah 博物馆，司机交代说："管理员是我好朋友，一般来是要买门票的，现在免费。"开始以为这是客套话，后来发现那位朋友实在仗义，不仅充当导游，每个角落热情讲解，还带我感受了许多馆内有意思的展品：教我开枪（没上子弹）、在旧时统治者的卧室给我试穿传统服饰、闻新鲜的乳香……

打猎是过去渔民非常重要的生活元素，博物馆里有当时的"武器库"。讲解员非常幽默，主动端把枪出来，叫我跟他玩"角色扮演"，说自己做 Bad Guy，叫我做警察抓他。我毫不客气马上举枪，他便奋拉下脑袋配合。站在远处拍照的爸妈忽然看到这一幕吓得不行，叫我赶紧放下枪，哈哈哈！完了以后还教我开枪，这种老式枪每次只能打一发子弹。

　　很遗憾我忘了他的名字，只能称为"讲解员先生"。他仔细地带我逛遍每一处，任何一个角落都不错过。看得出他深爱这片土地、并引以为荣，希望能让更多人认识这里、爱上这里。他的热情确实很有感染力，我喜欢这个地方。

这间房（见右图）是当时统治者的卧室，Mr.讲解员为我披上传统服饰，说我披肩特别漂亮，直接裹起来作了头巾。在床榻坐下后，他很细心地帮我理顺；怕我闷热，还拿来一面小彩旗扇风——此地多处见到这种小彩旗，真心搞不懂是不是扇子，后悔当时没问明白。

讲解员介绍，袍子有前后之分，前短后长，千万别穿错

阿曼引以为傲的乳香，自是介绍重点。院子里种了几株小树，Mr.讲解员说着说着直接从树上抠下几粒新鲜的乳香原料，让我们闻闻有多清香，这份热情着实把我感动了。真要传播一地文化，必须得有这样的自豪感与使命感，方能事半功倍。

博物馆楼高两层，各个房间都有不同陈设，卧室、厨房、客厅……由于是当时政府所在地，还有法院和小牢房。他说："牢房只关押短期囚犯，超过7天就要送去上一级政府。"

不知这位讲解员是否因为司机才特别关照，或天性便是如此尽责，总之我们都非常满意。在馆里，他的热情和周到让爸妈对"免费"无法置信，认定是我没问清，离开时得买门票。直到玩够了，他送我们出来道别，才相信真有如此美味的免费午餐。之后便一直啧啧称奇，感叹不收钱还能享受如此服务。

这个博物馆真的很有意思，建议大家有时间一定来转转。

美丽海滨

关于"气孔",司机上车便告知今天看不到,得等雨季。所谓气孔其实就是海边喷泉,由于岸边有深洞,海水涨潮时随巨大压力涌入后,从地表洞穴喷出,并伴有水汽,因而得名。这种景观在当地的马尔尼夫岩可见,但要等到每年 5~9 月的雨季。

司机一再强调:"只有雨季时节,风浪起来后才会喷得高,现在去了也没用。"碍于时间所限,我们没资本赌这一程,只好放弃——后来听某些去了看气孔的船友说,还是能见到些。

虽看不成气孔,司机也没让我们失望,带去两处非常美丽的海滨。一处沙滩有许多渔船,岸边广场正在搭建舞台,他说"稍后会有个盛会"。

这里还偶遇一位有缘人,得知我们来自中国,他说自己去过广州。我一听乐坏了,在如此神秘的国度,竟有本地人去过我的城市,"还去了三次",赶紧开聊!原来他是做水产生意的,买卖鲍鱼。看他样子也特别高兴,估计没想过能在这儿碰上广州人吧,彼此都有种"老乡见老乡"的喜庆感。

　　另一处沙滩比较靠近塔卡，在一片岩石边上，司机特意把车开上岩石间的这块平地，说这里看海景最棒。多么神奇的国度：海滩挨着岩石，岩石旁是沙丘，沙丘远方是陆地、建起了一众城堡，再过去便是连绵山脉……所有地貌都齐全了，真是奇特。

　　开回塞拉莱路上，司机拐入一处山间，特别骄傲地带我看这段浅窄的溪流。在寻常都市，小溪自然不足为奇，但于他们而言，天然水源却是那样珍贵。一直告诫自己，旅行就要以最快速度融入当地，骄傲他们所骄傲的、珍惜他们所珍惜的，这样才"带感"。

小溪清澈见底，不但有鱼儿，还碰上几个当地少年在游泳，见到我们也特别开心地打招呼

溪旁修了条栈道，直通半山腰的一个岩洞。见时间宽裕，司机带我们绕去一片商场，里面有家大超市，一圈走下来，感觉物价跟中国差不多。阿曼货币特别逗，还有 1/2 的。

旁边有家换汇店，看汇率吓一跳，阿曼货币比美元还高，与人民币汇率约为 1:16（1元阿曼币兑16元人民币）。

回到邮轮，得归还这张登陆时派发的"旅游准入卡"——类似通行证。爸爸在岸边兴致勃勃地拍大船，我待半分钟已经热得受不了，赶紧撤回房间！

"环球游"第六站阿曼，非常愉快，这个神秘国度带给我很不一般的旅行体验，感恩遇上一位好司机。斯里兰卡的不快已几乎淡忘……毕竟世上还是好人多。

TIPS 小贴士

1. 塞拉莱是乳香之都，有兴趣的朋友可以带些回去。未经加工的乳香块最便宜，乳香制品则要贵许多。乳香块颜色越浅质量越好，色调偏红偏深的则表示杂质较多。

2. 阿曼是世上最炎热的国家之一，在此旅游记得做好防晒工作；如果前往偏远地区，要带上足够的饮用水。

3 月 24 日 / 苏伊士运河 / 晴

尊敬的乘客：

由于埃及国内安全局势恶化，极端分子频繁发动爆炸式袭击，并考虑到近期的政府大选可能引发的政务动乱。歌诗达邮轮决定对即将到访该地及各港口的邮轮航线进行调整，其中包括"新经典号"以及"大西洋号"。

因此，歌诗达"大西洋号"2015年03月01日出发的环球航线将调整如下：

古老而神圣的埃及是多少游人的梦呀，如今一纸通知，满船乘客梦碎

"环球游"第一个意外：临时取消埃及站。虽然此前已传来"路边社"消息：埃及动乱，有可能不停靠。但大家始终抱着一线希望，祈祷最终能如愿登上开罗，去到金字塔身边。直待房间送来这封信，着实令人无比失望。

始终不死心，也许最后时刻突然又能登陆？可惜一再探船员口风，都是"安全至上，这个决定不会更改"。唉，唯有接受现实。

苏伊士运河

　　全长 167 公里的苏伊士运河（Suez Canal），是全球第三大运河。虽然从长度来说，远不及我国京杭大运河，但其对人类文明的贡献与战略地位是非凡卓著、独一无二的。如今苏伊士运河承担着全世界的经济贸易往来，是埃及政府财政收入的重要来源。

　　醒来发现邮轮已停定，两岸都是平白无奇的沙堆，偶有货轮经过，毫无吸引力。这就是那条促进欧亚文明交融的黄金水道？那段充满沧桑的历史长河？略感失望……意外的是，开入运河一段时间、经过几艘作业轮后，逐渐有了平房、绿地、庄园，慢慢还来到漂亮的小镇，有城堡、学校、酒店、码头……看着沿途逐渐繁华起来，就像眼见上帝在堆砌人间的积木，极有意思。

此处堤岸竖起一块巨大石碑，可惜我们中间没人懂得当地文字

　　走了个把小时，已经来到挺兴旺的地方，人多车也多。我们在拍岸上的一切，发现那边的人们也在兴高采烈地举起手机拍我们。想起那则佳句，改改便是："你在船上看风景，看风景的人正在岸边看你。"殊不知自己都已化为彼此的风景。

　　经过无数小码头，这个最有意思，竖起横幅写道："欢迎来到安全的埃及及其守卫的苏伊士运河"。看见又是一阵心痛。唉，真这么"安全"多好，我就不会与金字塔和狮身人面像擦身而过了。

慢慢走着又荒凉起来，见到守卫边疆的战士和满目白沙，以为开始远离繁华之地。

没走多久却又来到一个小镇，还有座横跨苏伊士运河的大桥，挺壮观。1869年苏伊士运河贯通，成为连接地中海与红海的重要通道，大大拉近了亚洲与欧洲的航线距离。从此由亚洲去往欧洲，人们不必再绕行非洲南端好望角，直接由此借道。其经济及战略意义可想而知。

正拍着船头飘扬的彩旗，突然见到有乘客带上来一面中国国旗。五星红旗在横跨苏伊士运河的这条桥梁上空尽情飞舞，这点子真好，出发前我怎么就没想到带一面在身上！

再之后，便只有农田与村庄，直至荒芜。低调务实的苏伊士运河，也许本就无需美丽风光来点缀。它在亚非大陆之间静静流淌，为世界经济往来默默助力，见证着人类文明的成长与兴衰。这一切，足以令人敬仰。

绚丽的夕阳，见证我们度过惊喜的一天，苏伊士运河之旅稍稍弥补了无法进入埃及的遗憾，可心里依旧失落。

海漂的日子

由于临时更改行程，我们在海上"漂"了6天，这是启航以来第一次长时间不着陆，朋友们都担心我会不会闷坏了。其实作为环球之旅的纽带，海漂的日子我又怎会让自己乏味，继续走进水上世界。

首先，意大利语课程可是一节不落，值得嘉奖！其余时间，想"宅"起来便躲房里写写游记、看看海景、练练毛笔字；想透口气了，便下咖啡厅晒晒太阳、看看书，特别惬意。

弗洛里安咖啡馆 (Caffé Florian)

喜欢在此流连，不只为了阳光诱人、环境优美；这座弗洛里安咖啡馆(Caffé Florian)可是有故事的：1720年始创于威尼斯的 Caffé Florian，是世上最古老、也是意大利最著名的咖啡馆，据说海明威、歌德、拜伦、狄更斯等都曾是座上客。邮轮完全采用 Caffé Florian 最初的模样设计，洋溢着满满的艺术气息。意大利语课堂正是在此。

海上 SPA

　　航线一路向北，降温明显，昨日开始已凉得没勇气下水。曾经定下"清晨上课、夕阳畅泳"的计划无法坚持了，却发现另一个好去处——SPA。日落时分，面朝无敌海景，在夕阳余晖之下享受一场火山石与精油的对话，说不出的舒缓放松。

海上秀场

　　每天傍晚都有一场精彩演出，可惜撞上游泳时间，所以看过的不多，只有魔术、拉丁、演唱会、音乐会……剧场挺大，没演出时会播放电影。

兴致来了还去唱过两次卡拉OK，舞台设计很炫，像不像开个唱？

海上课程

　　还有各类讲座：目的地历史文化介绍、摄影课程、瑜伽训练等，一直很想参加的手工艺术因为跟意大利语课时间相撞，始终未及体验。节目单如此丰富，担心闷坏还不如担心赶场累坏。

　　马上结束"漂"的日子，奔往环球游新站点——土耳其。

3月26日 / 土耳其·马尔马里斯 / 晴转雨

　　"环球游"第七站，由于行程调整，意外来到国内游客甚少涉足的城市——马尔马里斯（Marmaris），土耳其最热闹的海滨小镇。狭长的陆地，从这里向西延伸到海里，形成一条天然分割线：南面是地中海，北面是爱琴海。在这条分界线碧波荡漾的海湾入口处，有一座中世纪城堡，形成天然军事要塞。

到达第一眼，只见数之不尽的桅杆，密密麻麻蔚为壮观。

大小帆船整齐停靠，据说每年 5 月都会举办马尔马里斯游艇展。

先去 ATM 取现金，用银联提了 200 里拉（土耳其货币），兑
人民币约 480 元

TIPS 小贴士

在当地消费，美元、欧元和里
拉都通用（美元与里拉汇率约为 1：
2.55），购物时记得先说清楚用的是
哪种货币。

马尔马里斯城堡

早在公元前 6 世纪，马尔马里斯已是初具规模的小渔村。中世纪起，这里便具有重要的军事意义。1522 年，奥斯曼帝国苏丹的苏莱曼大帝，在发动攻打罗德岛战役时，马尔马里斯的城堡便承担起前沿基地的角色。

今天首要任务便是直奔这座位于半山腰的城堡，离很远就能见到，但上去的路不好找，问了不少人才走对。沿着山间羊肠小道爬坡，看起来挺宏伟。近年来，这座城堡在土耳其文化部支持下，已改建成一座博物馆，常年承办文物和艺术品展览，门票 8 里拉 / 人。山里有些凉，在博物馆手信店买了条围巾还有些小玩意。

　　博物馆下来有家非常小的店面，一位老奶奶和儿子看守着。奶奶见到游人便拉去看他们挂在店门的手链，嘴里不停念着："Only one dollar, very cheap.（只要 1 美元，很便宜。）"刚看一眼就被她塞了几条进手里，我笑着说："不急不急，慢慢看。"

　　奶奶的儿子也是位大叔了，不停卖力兜售，一直提醒："如果去到市中心，就贵多了。"觉得他们挺不容易，努力找喜欢的东西，希望能帮衬些。可惜质量实在不行，只勉强挑了几件。

之前每站都太匆忙，难得今天如此悠闲，临走还买了几张明信片

离开后本是心急火燎赶去市中心找邮局，谁知一路下山却为了水井盖、小花儿和猫咪……各种流连。有位好友特别喜欢水井盖，去哪都不忘拍照收集，全球各地的水井盖几乎已化身为她行走世界的足迹。见到这个忽然想起她。

我们之所以热爱旅行，除了搜集名胜地标，也是为了弥补生活中的某些缺失吧？一如石缝间长出的鲜花、平常人家屋檐下的花猫……这些平日无暇留意、当地人也不以为然的事物，大概只有在旅途中，才会用心感受并收获惊喜。

滨海大道

马尔马里斯主要收入来源是旅游业，每逢旺季便会迎来数十万度假游客，曾经的小渔村如今已是蓬勃发展，越往市中心走越见繁华。沿岸的滨海大道有无数海鲜餐厅，每家都派人守在门口热情招揽。在商铺听到最多的便是："现在是淡季，才这么便宜；到了旺季这至少得卖XX钱。"

分享我遇见最有趣的两处：经过一家餐馆，被桌上的大水烟吸引住，站门口的哥们儿邀我过去试试。刚放嘴边做样子摆拍，他看不过眼，一手把管子给我塞进去，哭笑不得……人家不就是担心不卫生么，这也太热情了！既来之则安之，吸了两口，很淡很淡，而且还是草莓味，太诡异了。

　　另外这家商铺，门口特别抓眼球，摆放着许多海盗、神灯。一阵风过来把"海盗"吹倒了，我正在不远处拍照，便过去扶起。刚抓住肩膀，店主也飞奔到来，一起摆好后，他特激动地给我道谢，然后非拉我进店里，一边不停讲故事。

　　这是家相对高档的精品店，首饰、摆设、古玩、收藏品……什么都有。正门口有一具超大型的潜水服模型，看起来有些突兀，原来是为了纪念店主父亲，一位曾经的潜水员（合照中最左边便是）。

　　结束父亲的"威水史"，店主开始介绍自己，说很多镇店之宝都是他亲自设计的，还给我变魔术：一只能伸缩成戒指的18K黄金手镯；还有一枚会变色的宝石戒指——看店主演示时非常惊讶，后来发现玄机：原来戒指设计为双面戴，每面各镶嵌一枚不同颜色的宝石，手快了便能变戏法。

　　最终他锁定一枚淡黄色宝石戒指，向我发起"强攻"：宝石是此地特有的Suldeneit——见我一脸疑惑，店主煞有介事地拼写出来——开价1300里拉（约合人民币3200元），看我没兴趣，自己不停"砍"，最后砍到多少不记得了。听都没听过的宝石，又不懂分辨优劣，哪里敢买。婉言谢绝，店主也不恼怒，说我肯定会回来找他。这股自信还蛮正能量，就此道别。

一路上见到很多可爱的猫咪和小朋友。拍摄动物和孩子都特别不易，因为他们不听指挥，但出来的作品往往最惊喜。正如爸爸在斯里兰卡为我和那群小女生抓拍的合照，可谓艳惊四座。

终于找到邮局。环球行程大多极为紧凑，想要每站都发明信片是不可能了，至少在比较难得到来的地方给自己留点纪念。

寄完便一路顺着滨海大道踱去小镇的中央广场，周边竖立着许多雕塑。

有对老夫妇见我在拍照，走过来指着相机问了一句。我没仔细听，以为是让我帮他们合照，忙说"好"，然后伸手拿。结果老奶奶说不是，她想跟我合影。莫非这对老夫妇也是游客？问他们说不是，就是当地人。新鲜了，莫非来此都是欧洲游客居多，少见亚洲面孔？

购物市集

天色愈发暗沉，应该要下雨了，绕去广场旁的大市集逛逛。卖的东西都差不多，看人比较有意思。当地人都特别悠闲，各种打牌、发呆、放空，彩票摊就支那儿也没人管。他们的"玩具"很新奇，光头大叔给我解释半天，可惜语言不通没听明白。坐旁边看了挺久，还是不懂。沿途见到无数这样的牌桌，一人一杯小小的土耳其茶，能玩上半天。

走了一圈竟然淘到不少宝贝：土耳其拼瓷吊灯、手工刺绣坐垫、各种神灯摆设……想想接下来行李难免还得添加，入手一个大箱子。然后随意找家餐馆坐下，来土耳其怎能不尝尝烤肉？点了最多人吃的肉卷，好吃！还点了杯拿铁，太甜腻了，不喜欢。

离开时见到一位萌大叔点了盆"猫屎"，感觉太诡异，忍不住过去瞅两眼。他很热情地邀我试一个，说"非常好吃"。我不敢，看着就是一条条小猫屎。可他非递过来，不好意思再拒绝，接住咬了口。其实外面那层是荷叶，里面是各种香草，味道很奇怪。为了不拂人家好意，笑容特别灿烂地说："果然好吃！"出来后，威逼利诱我爸吃下去。一向包容力极强的李先生也不停皱眉头……哈哈哈。

赶在滂沱大雨到来前回到邮轮，"环球游"第七站愉快落幕，就此告别马尔马里斯——很可惜这次不是去伊斯坦布尔，就当留点念想吧，最美永远在下一次。全速前行，向欧洲进发！

STOP 08 HERAKLION

3月27日 / 希腊·伊拉克利翁 / 晴

"环球游"第八站，进入欧洲板块，从文明古国希腊开篇。满心期待地登临欧洲首个城市伊拉克利翁 (Heraklion)，克里特岛 (Crete) 的首府——众神之神宙斯就诞生在克里特，一个遍布希腊神话的地方——古城伊拉克利翁同样拥有美丽而神秘的传说：它曾是一个繁荣的海港城市，1500 年前沉入海底。

在伊拉克利翁发现新玩法，很适合一日游：环城观光巴士 (Open Bus)。以前没试过，刚开始还战战兢兢，后来发现非常方便。半小时一班，每个站点随上随下，所有名胜古迹一个不落，特别适合时间吃紧、又不愿错过的贪心游客。

游记就按巴士站点展开，跟随文字重温环城之旅……

红黄两色的都是观光巴士，15 欧 / 人，24 小时有效

出发前换好的欧元总算出动，纪念一下

库勒斯城堡

　　首站是库勒斯城堡 (Koules Venetian Fortress)，坐落在旧港口防波堤上。这是 16 世纪的杰作，当年曾是一座海上防御要塞，抵挡了土耳其的常年入侵。因为曾被威尼斯统治，也叫威尼斯人城堡；外壁刻有圣马可飞狮图像，正是威尼斯的标记。可惜城堡正在维修，不少地方用大帆布围闭起来，难免影响景观——后来发现几乎整座城市都在建设和修补当中，四处都灰头土脸。

　　古堡数百年来一直矗立在港口，守卫家园；城墙上的每一面砖瓦仿佛都承载着说不尽的故事……多希望能听懂它们的低声细述。

克诺索斯宫遗址

　　克诺索斯宫遗址是伊拉克利翁之行最重要一处。希腊神话中有个经典故事：宙斯垂涎欧罗巴公主美色，又害怕妻子赫拉知道，于是变身为牛，把欧罗巴带到现在的欧洲大陆，并在那里与她生下三个孩子。那片大陆就以公主的名字命名，叫 Europe（欧洲）。

　　由于宙斯曾化身为牛，他与欧罗巴的儿子米诺斯（Minos）拒绝用公牛来祭拜神明，由此得罪海神波塞冬。波塞冬施法，令米诺斯的王后爱上一头公牛，并生下专门吃人的怪物——著名的牛头人米诺陶罗斯（Minotaur）。为了困住它，米诺斯只得在克里特岛上建造了克诺索斯迷宫（Knossos），该迷宫据说就与今日所见的"克诺索斯宫"遗址相符。

遗址各处都有相关资料介绍，有兴趣又有时间可慢慢研究，还可以付费请导游讲解（但没有中文服务）。导游的费用问完不记得了，景区门票是 6 欧 / 人。

景区外是一片手信店，大概缘分使然，我们进的第一家就特别舒服，待了好一会儿。东西没买多少，跟老板却聊得挺开心。他请我们喝自家酿制的美酒，叫 Lemon Jello（音），很甜的果香味，酒精浓度估计不低。喝完一杯他邀我再来，我说："非常好喝，但不行，头会晕。"他干脆送了我一瓶，还用彩纸包装起来，真够意思。

自然历史博物馆

克里特自然历史博物馆也不容错过，沿海而建，离城堡不远。里面展示了许多人类进步、动植物及生态系统的研究成果，由克里特大学创建。

左边主建筑楼高四层，入门处有只大恐龙模型，户外还有两只更巨型的，门票 8 欧 / 人。右边这栋米黄色矮楼，是希腊的自然植物历史介绍，免费参观。门外人行道还有一排非常古怪的植物摆件，可惜介绍文字已非常模糊，不清楚是啥宝贝。

Jesus Gate

不少站点纯属"忽悠"，例如这处。下车只见一片小小的黄砖墙门。大家都不清楚状况，见有道楼梯，以为景点在上面平台，赶紧去一探究竟。结果什么都没有，只是一丛野花和停车场。下来仔细对照地图才发现，这阶梯左边矮矮的一面墙便是 Jesus Gate……

Chaniporta 城门

此站不停，只是经过；地图上有标注，得自己留意。我喜欢坐巴士上层，虽然晒一些，但视野开阔。因为经常到处走动取景，没带耳机听车上讲解——每个座位都有设备，多种语言可选，包括中文。当时离远见到这个城门觉得挺漂亮，赶紧拍下，回来研究地图才发现是处景点。

考古博物馆

巴士最后一站是伊拉克利翁博物馆，离市中心很近，据说几乎囊括了所有代表米诺斯文明的考古遗址珍品。为了赶去这里，克诺索斯宫遗址我也没敢停留太久。赶到时刚好 3 点出头，却是大门紧锁。好生纳闷，以为找错地方。张望了许久，才看到门口的告示（下图）。

3 点钟就关门的博物馆，这是什么"奇葩"工作时间？要来的朋友记得提前问清开闭馆时间，莫要像我这般"摸门钉"。在希腊这种"奇葩"事还不少，经历多了难免暗想：今时今日，这样的工作态度，难怪希腊政府会破产。

伊拉克利翁市中心

　　博物馆无缘见真颜了，就去附近市中心逛逛吧。那里有一处雄狮广场 (Lion Square)，里面一座威尼斯式喷泉非常出名，叫莫西尼喷泉 (Morozini)，据说已有387年历史，是伊拉克利翁的地标。声名在外，见到却有点失望，外观残旧、式样平常、水也不喷了……还不如在旁边喂鸽子来得开心。

　　附近的市政厅和圣提多教堂 (St. Titos Church) 倒是让我流连忘返。教堂经历过一次"易主"，先是作为天主教堂，后又变为清真寺，细看会发现建筑风格融合了两个教派的特色。结构很精妙，特意走上二楼看全景，非常漂亮。阳光洒在窗花上，让我想起了《金陵十三钗》，里面对教堂窗花的描写十分细腻。

　　再往下是两排商业街，咖啡馆、商厦、小铺林立，热闹得很。一直走到尽头，见到马路对面正是今晨去过的库勒斯城堡。看来已完整绕了小城一圈。

在"走回博物馆附近车站、坐车回码头"和"直接从这里步行回去"之间，选择了后者，这绝对是环球游至今做出的最糟糕决定。因为"据说不远"，可足足走了大半小时。一天下来已是疲惫不堪，刚开始还拍拍城墙、看看街景，见到儿童乐园还张望几眼，后来实在走不动了。

最悲剧的是还绕远了路！这里标志极不清晰，根本没有指引，只能凭印象；越走越偏后，想找人问都不易，最后狠狠心冲出斑马线拦下一部车才问到司机。好不容易总算找到码头入口，感觉腿都要断了，见到巨轮那刻真有种回家的温暖。

"环球游"第八站伊拉克利翁，在筋疲力尽中结束。累归累，踏上梦寐以求的希腊国土，还是很开心。这座城市没带来惊喜，却也说不上遗憾，毕竟比起欧洲其他声名显赫的目的地，对它期望本就不高，接下来的行程更值得期待！

下一站，雅典。

3月28日 / 希腊·雅典 / 雨转晴

　　"环球游"第九站，来到梦寐以求的雅典。神殿、圣斗士、雅典娜……这些童年记忆中流光溢彩的篇章，也许并不正统，却是我对这座名城最初和最美的印象。带着憧憬与幻想来到西方文明的摇篮，两天时间虽远不足以读懂一座城，却有幸走近每个真正属于她的骄傲。雅典没有让我失望，离开后，发现自己比预期中更爱她。

　　登上城市制高点，在夕阳的万丈余晖中遥望卫城。从日等到夜，山下万家灯火亮起，神殿也瞬间披上夜幕的华衣……这是在雅典最难忘的一刻。所有真心爱慕她的游客，都应该来这里，领略专属于雅典的美。

卫城

希腊，一个创造故事与神话的国度。首都雅典的由来自然也是段佳话：传说女神雅典娜与海神波塞冬争夺这座城市，宙斯决定"谁能给人类一件有用的东西，城便归谁"。波塞冬用三叉戟敲打城里的一块岩石，所向披靡的战马破石而出，这是胜利的象征，却也是战争的象征；而雅典娜则用长矛轻敲岩石，瞬间长出一株枝繁叶茂的橄榄树，这是和平的象征。

于是，宙斯决定把这座城交给雅典娜，从此她成为这里的守护神。为了纪念她，这里便命名为"雅典"。

雅典卫城，当属希腊"不可错过"之最，拥有许多举世闻名的古迹，现存最重要的遗迹除了帕特农神庙，还包括山门、尼基胜利女神庙以及伊瑞克提翁神殿。站在古迹脚下，那股饱含历史厚重感的壮观与恢宏难以言表。心潮澎湃，既感觉自己如此渺小，却又不得不赞叹人类何其伟大。

最初，卫城是用于防范外敌入侵的要塞，山顶四周筑有围墙。如今的卫城最高处是座小堡垒，希腊国旗高高扬起，在世人仰望之下骄傲飞舞。登上这里，可以一览无遗看尽雅典全景。

那座显眼的山丘，便是计划中看日落之地

举世闻名的古代七大奇观之一帕特农神庙，是供奉雅典娜女神的最大神殿，可说是西方乃至世上最早的古代大庙宇。帕特农 (Parthenon) 即希腊文 Π α ρ θ ε ν ω σ 的转写，原意为贞女，是雅典娜的别名。神庙设计代表了全希腊建筑艺术的最高水平，公元前 447 年开始兴建，9 年后大庙封顶。

可惜 1687 年威尼斯人与土耳其人作战时，神庙遭到破坏。19 世纪下半叶，曾对神庙进行部分修复，却已无法恢复原貌。如今神庙中的雅典娜雕像都是赝品，真品收藏在博物馆。

卫城多处在维修，罩上了铁丝网，四周还有无数大型器械，甚煞风景。不知是不是周末的原因，人特别多，要拍一张干净照片简直难如登天。没有奇招，一个字：等。看这 People Mountain People Sea（人山人海），再看我苦等半天拍的照片，你说做一名称职的游客容易么？

到达卫城时乌云密布，还下了几阵雨，却平添几分油画般的壮阔感。雨过天晴，石板路依然湿滑，下阶梯跌了一跤，膝盖乌青一大片，心情却丝毫未受影响，感觉能在卫城留下这么个印记，倍儿有个性。自我调剂能力良好！

宙斯神庙

宙斯神庙位于奥林匹亚村，是为祭祀宙斯而建，也是古希腊最大的神庙之一。公元前470年开建，公元前456年完工。然而公元前86年，罗马指挥官苏拉(Sulla)攻占雅典时，破坏了尚未完成的建筑，并将部分石柱和其他建材拆下来运回罗马。

虽然今日的宙斯神庙只剩断壁颓垣，但神圣感犹存

身后就是卫城，它们一同经历了数千年的风霜洗礼，遥相守望

特别提醒: 宙斯神庙下午3点就关闭！我第一天没去成，幸好有两天时间。在伊拉克利翁感叹过希腊人民的工作时间非常"奇葩"，这里再一次领略到。

宪法广场

　　宪法广场位于雅典中心地带，是为纪念 1834 年在此颁布的最初宪法而建。每次希腊有重大事件发生，都会在此庆祝或悼念。逢整点举行的哨兵换岗仪式，是吸引游客的主要原因。整个仪式约 5 分钟，士兵们动作缓慢、幅度极大，像在跳慢镜头的现代舞，极有意思。

　　换岗结束后，有位戴贝雷帽、穿迷彩服的军人帮士兵整理帽子飘带和礼服。结束后，游客可上前合照，切记不能有任何动作。我站好后，刚举起手机打算自拍，身旁高头大马的士兵用枪托狠狠砸了下地板，吓众人一跳。原来这提枪砸地便是他们在"示威"告诫。敬礼也不行，有位美女合照时举手敬礼，也被敲了一记响。

广场上有无数鸽子，见到吃的会成群飞来。我握了把饲料摊开手吸引它们，被叮得手发疼，原来鸽子嘴巴挺凶猛

雅典竞技场

　　这座 U 字形场馆拥有相当厚重的历史底蕴。古希腊时期，主要用来举办纪念雅典娜女神的"泛雅典运动会"。1896 年，为举办第一届现代奥林匹克运动会而重建，成为雅典乃至希腊的地标性建筑之一。

　　竞技场至今保持原貌，西侧是运动员和裁判员入口。观众席呈马蹄形排列，全部用白色大理石砌成，可容纳 5 万人；国王和王后有两个指定座椅。

　　门票 3 欧 / 人，入口处可领取语音导览器，有中文可选。进入场馆有三个指定动作：跑一圈、蹦一蹦、上奖台。跑道全长 192 米，慢跑一圈不累，必须跑！

　　在希腊吃过两次亏，自此开始留心场馆开放时间。竞技场 3~10 月开到晚上 7 点，其余月份只开到 5 点。

新卫城博物馆

前面介绍过，帕特农神庙的雅典娜雕塑是赝品，想一睹真颜就得去这座新卫城博物馆。建筑底部盘旋在发掘遗址之上，有 100 根细长的混泥土柱子，每根柱子的位置都有讲究。透过钢化玻璃地板可以看到考古发掘的开口处。

门票 5 欧 / 人，开到晚上 8 点。馆内不让拍照，知道前大张旗鼓拍了几张，被工作人员劝止后便乖乖地"眼看手勿动"。

走到雅典娜雕塑处，却见很多人都在拍，问工作人员得知这里允许。中间缺了一座，工作人员介绍是在大英博物馆。

博物馆 3 层是间很舒服的咖啡厅，坐户外可以沐浴着阳光欣赏近在咫尺的卫城之巅。我们享用完下午茶，决定移进室内继续吃晚餐——很奇怪，户外只许喝东西，点餐就得入内。

汉堡牛肉好好吃！

普拉卡

　　普拉卡是雅典历史最悠久的城区，现已成为休闲购物的步行街，有数之不尽的餐馆、手信店、咖啡厅……是游人必到之地。普拉卡位于卫城山脚，距离宙斯神殿、新卫城博物馆和宪法广场都很近。核心地带由东西走向的 Kydatheneon 街和南北走向的 Adrianou 街构成。汽车不让进，但景区的小火车能绕进去。

卫城制高点

　　登顶 Lycabettus 山是雅典之行的意外惊喜。看着夕阳一点一点没去，远方的卫城白天与黑夜切换，感觉特别雄壮。虽然云层很厚，天空并不完美；但拥有卫城的雅典，已是完美。

这张照片来之不易！坐在悬崖边上，需要克服与战胜的不是内心的畏惧，而是妈妈的紧张与捣乱……不停喊我赶紧下来，说她看我坐那儿腿都吓软了，其实我坐着已经算很安全，刚才爸爸可是站着拍！哈哈哈，洋洋洒洒的抗议，读得出字里行间满满的幸福么？带着父母游世界，就是这么快乐。

TIPS 小贴士

1. 为了以最高效率到达最多景点，在雅典还是选择包车。司机一路兼导游详细介绍，路线安排也挺好，尽量带我们去更多地方，适合行程紧凑的游客。但时间充裕完全可以坐 open bus，虽然费力些，但该去的都能去到，而且节省多了，才 10 欧 / 人。

2. 卫城门票 12 欧 / 人，当时没仔细看，后来第二天到宙斯神庙发现这是通票，可以去几处景点(红圈标示)，记得保管好。

3. 雅典景点众多，建议尽早了解各处场馆开放时间，合理安排行程。

　　"环球游"第九站非常完美，雅典的精华基本全部收入囊中，我心满意足地离开。圣托里尼在前方招手。

STOP 10 · SANTORINI

3月29日 / 希腊·圣托里尼 / 阴转雨转晴

　　"环球游"第十站,来到童话世界圣托里尼——爱琴海上最璀璨的明珠,一个即使你没听过、必定也曾在某处看到过的地方。据说圣托里尼的形成与多次火山爆发有关,因此除了举世闻名的伊亚 (Oia)、费拉 (Fira),圣托里尼上特有的黑沙滩 (Kamari) 同样不可错过。今天的行程就此确定下来:Fira—Kamari—Fira—Oia—Fira,争取全部去到。甩一张圣托里尼最负盛名的蓝顶教堂照片,开始童话之旅吧。

Fira

在 Fira 登陆，这是整个圣托里尼的运转中心，无论打车还是搭乘巴士，去往岛上各地都得经由这里。感觉非常热闹，遍布餐馆、旅社和小店。

在"步行登山、坐缆车、骑驴"之间，毫不犹豫选择了毛驴，5 欧 / 人。为了那只漂亮的小白驴，把爸妈都"抛弃"了，一个箭步冲上去，赶驴大叔把我扶好后，蹬蹬蹬就出发。我不停说："等等，得大家一起走"，可大叔完全没理会，骑上自己那头驴，身手极其利索地把几只不相干的"小伙伴"系一排，火力全开就往山上赶。第一次感到跟岛上的人们无法沟通，但此时还未意识到问题的严重性。

路上不让拍照、不让大声说话，美其名曰"会吓到毛驴"，其实快到山顶了他们会有人冲出来逐个拍，到终点时已经冲洗出来售卖。难得骑驴，忍不住买下。开价 4 欧，3 欧成交，以旅游点来说不算贵。毛驴走得飞快，一路遇见上山的船友都只能给我拍背影。再次后悔没带"自拍神棍"来，靠自己怎么都拍不着驴脑袋。下图右上角那位就是牵着我跟小白驴的大叔。

刚上到 Fira 顶部很冷，天气阴沉，怎么拍都不满意——再次强调，太阳公公确实是世上最好的打光师！只能在乌云缝隙间捕捉阳光，难度系数太高，心情与天空一样灰冷。

时间太早，小店都没开，走了一圈决定先去大巴站摸摸情况。拿了份当天时刻表，发现去往各地班次都不算密，如果想接驳得当，得好好研究来回时间。最后决定，马上动身前往黑沙滩，坐 12:50 的车回来 Fira，然后慢悠悠逛到 2 点，再坐车去 Oia。

事实证明，来大巴站这个决定太明智了。刚买完票走进候车室（很小，就是个篷子），便下起滂沱大雨，幸好已躲进来。看着乌云密布的天空，心那个痛呀，难得来到摄影天堂，老天爷不会这样对我吧？

感谢运气始终眷顾，几轮暴雨后便一路放晴。下午从 Oia 回来，阳光灿烂，景色完全不一样了。小店也已全开，可惜很多店主比较"有脾气"，不让拍照。

走累了，随心找家 Cafe 坐坐。身后那座海中央的山丘，据说便是"塑造"圣托里尼的火山口。现在的圣托里尼是月牙形的岛屿，可这里原本是圆形的。公元前 1500 年一次火山大爆发，导致岛中心大面积塌陷，才变成如今的形状。有人推测，神秘的古文明——亚特兰蒂斯的消失，便源于圣岛发生的火山爆发。整个古文明淹没于历史长河，如今只能通过希腊神话中的描述来追忆它往昔辉煌。

上山骑驴，下山就得自己走走，感受不一样的风景。

走到山脚，恋恋不舍地仰望蓝天之下、那片高高在上的小白屋，回想刚才一路见到不少人在装修、刷墙……据说他们会年复一年地涂上崭新的油漆，这才得以维持世人眼中圣托里尼的美丽。内心不禁感慨：最初上山开凿这片土地的人们，有着怎样的勇气与毅力？感谢他们一代又一代的坚守与努力，方打造出这个梦一般的童话世界。

Kamari 黑沙滩

去黑沙滩路上遇到超级堵心的事：原本雨后放晴，一路欣赏沿途美景，心情极佳。可大巴走了许久都没到，正纳闷着怎么那么远，车上管票的大叔竟过来收钱——从黑沙滩回 Fira 的钱。整车游客都惊呆了！原来刚才一到终点站他们也不喊一声，直接就把我们又载回起点。车上全体崩溃，都在责怪他们"只管收钱，毫无服务"。闹了几分钟巴士也没放慢脚步，协商最后就是"不收钱让我们再坐下一趟车"。

车费是小事，关键前面提过班次不密，1 小时才一班。我制定的完美计划粉碎了，现在最快都得 1 点 45 分才能坐上从黑沙滩出发的车，想在 2 点前回到 Fira 赶车去Oia，得插翅了。

时间本就紧张，还得浪费大半小时在原地等下一班车，真是想想都气人。跟卖票大叔聊了几句，可他除了报价，基本不会英文。不死心跑去票亭里面跟管事的大叔沟通，请他 2 点钟等我们回来了再发车，几番解释下来他总算明白，答应了。我来回确认几次，他都"yes yes"。想着那便好办，应该来得及。

结果 2 点准时回来，发现整个车站已挤满游人，给我说了几次"I promise"的大叔人间蒸发，而前往 Oia 的巴士早已客满，自顾自开走……哎，这里的旅游从业者，真心扣分！错过 2 点的班车，再下一趟去 Oia 就得 4 点。在圣托里尼的时间如此宝贵，自是浪费不得。打的士去呗，20 欧，完全拜卖票大叔所赐，郁闷吧？

但转念一想，郁闷和错过不也是旅途不可或缺的一部分？只不过多花了些交通费，并未造成不可弥补的遗憾，罢了……自我开解完毕，把郁闷抛诸脑后。

实话说，第一次错过黑沙滩后，内心一度挣扎不如放弃它直接去 Oia，所幸最后还是没舍得。当顺利到达 Kamari，看着眼前景色，不得不感激当时的决定。

黑沙滩其实是火山岛喷发过后，火山灰沉积下来的黑砂石。据说这样的特质，使得海水据有美容功效。满满一片沙滩乌黑发亮，十分独特。

捡了些漂亮的黑石子。第一次见到黑沙滩，再沉也得留作纪念。

一只小狗跑来逗我玩儿，看着它摇头摆尾，很是欢乐

Kamari 的这个小站台挺可爱，圣岛的班车还蛮准时，提早些到车站比较保险

Oia

Oia 以"世上最美日落"著称，景色迷人、风景独特。每到黄昏，游人便会纷至沓来，占据威尼斯城堡或风车的每一个角落。其实，哪怕不为日落，那一排排鳞次栉比、依悬崖而建的美丽房子已足够吸引。在我眼中，这是一个神话般的世外桃源。

蓝顶教堂，没有与她的合影，你就不算来过圣托里尼

多美的小教堂！蓝天白云给了岛上人们最纯粹的灵感，遵从自然原色的设计，为圣托里尼披上了出众的外衣。他们守着传承百代的生活传统，享受自己亲手修葺的童话世界。

　　Oia 西角的这处平台，是日落时分人气最旺盛之地。此刻虽未见夕阳，却依然美得不像真实世界。这里风极大，戴帽子臭美的朋友记得保护好，我都一直按着不敢松手。

　　圣托里尼是蜜月的圣地、旅行的天堂、创作的灵感来源……每个人来到这里都可以成为艺术家，因为你会竭尽所能地描绘内心对美丽的向往。在被誉为"艺术家村落"的 Oia，出售的商品大多不同寻常。艺廊、精品店甚至餐馆、咖啡厅都有各自的格调，值得慢慢逛、用心发现。

无论你是爱拍照、还是爱被拍，都来圣托里尼吧，这里就是天堂！随手怕下来都是一幅画。

此处遇见几个特别可爱的人，他们之间并不认识，经过时纷纷看中我们拍照的位置，在一旁等候。见爸爸拿出反光板，觉得很有意思，问明白后觉得随身携带这设备，牛！然后便有人主动提出帮我们拍合照，于是一个拿相机、一个拿反光板、一个在旁边看角度……我忍不住马上举起手机拍下这一幕。可遇而不可求的这些感动瞬间，正是旅途中最珍贵的收获。

这是踏入 Oia 最先见到的教堂，离开时想认真看看以作道别。进去却发现正在为一位老人举办丧礼，赶紧退出。不少当地人陆续赶来，下车时拿着鲜花，神情哀伤、却不悲痛，有信仰的人们相信"逝去"是为了前往更美好的地方，大概不舍之余便是祈祷和祝福吧。愿老人一路走好！

TIPS 小贴士

1. 到 Fira 票亭可以索要一份当日的各条线路时刻表（A4 纸大小），因为每天发车情况也许不一样，而且随身携带方便安排行程。

2. 在圣托里尼停留时间较长的朋友，最好直接在 Fira 租车，自驾游会方便许多。中国驾照可用，带张复印件便行。自动档 SMART 35 欧 / 天（汽油自己加，油费大概人民币 100 元 / 天）。另外，租车时要问清是否包"全险"，是否可在码头或机场还车。

3. 岛上旅游从业者英文都不咋地，自己做足功课吧，最好别指望他们。

再见 Oia，今天虽无缘欣赏"最美日落"，我对你的爱却丝毫未减。如此景色之下，别说来时的不快已烟消云散，就是任何的烦恼也通通忘却。

"环球游"第十站圣托里尼，为整个希腊站点划上圆满句号。有美景、有人文，是个旅游好去处，有机会一定再来。

3月29日 / 意大利·卡塔尼亚 / 晴

　　"环球游"第十一站进入意大利，一个浪漫古老而又美丽时尚的国度。首先来到卡塔尼亚，西西里的一个港口。电影《西西里的美丽传说》让世人知晓这个充满风情的小岛，听名字便感觉艳光四射。

　　有这样一句名言："如果不去西西里，就像没有到过意大利；因为在西西里你才能找到意大利的美丽之源。"西西里是地中海最大和人口最稠密的岛屿，遍布山地和丘陵，沿海有平原，最高的山是埃特纳火山。极远便见到这座岛上最美丽的地标，披着银白外衣，胜似雪山。

西西里历史厚重，古希腊人、古罗马人、拜占庭人、诺尔曼人、西班牙人、奥地利人先后在此统治。岛上遍布2000年前的遗迹，说是一座天然的历史博物馆也毫不为过。卡塔尼亚地处西西里东岸，碍于时间所限，不便四处辗转。今天，只来一场用心感受的"慢"游记。

圣阿加塔大教堂

圣阿加塔大教堂(Piazza del Duomo e Cattedrale)是卡塔尼亚的主教堂，世界文化遗产，岛上巴洛克式建筑集大成之处，意大利第三大教堂。始建于公元11世纪，后殿保留着最初的诺曼式结构，其余部分数次毁于地震。现在的大教堂主部复建于18世纪，是由埃特纳火山黑色的火山岩和锡拉库萨特产的白色石灰岩修建而成。

整栋建筑既大气又精致，深得我心，每一处都值得细细欣赏品鉴

大教堂广场

　　圣阿加塔教堂前的这个广场，是卡塔尼亚当之无愧的地标。

　　大象喷泉 (Fontana dell'Elefant) 是卡塔尼亚标志，主体是一只黑色火山岩雕刻的大象，鼻子上扬，背负一座埃及的方尖石塔。据传大象是公元 8 世纪一位巫师 Eli Odorus 的宠物，而方尖石塔则拥有控制埃特纳火山爆发的魔力。

　　大象喷泉旁是栋政府办公楼，里面有个小型博物馆，展出几部老式马车和推车。

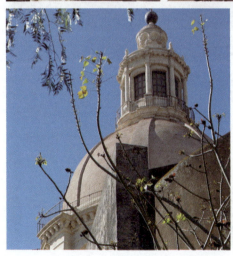

圣尼科洛本笃修道院

　　世界文化遗产 Monastero dei Benedettini 始建于1500年，是欧洲最大的修道院之一。建筑融合多种风格，现为卡塔尼亚大学文哲系所在地。查资料见到便非常喜欢，一心想去，问了不少人才找到。西西里人的英文水平实在一般，我的意大利文也只是入门阶段，沟通完全靠比划。

　　这个标志性的塔尖就是了。

TIPS 小贴士

1. 到此第一时间去旅游咨询台拿份地图，随手拽着，这一路上每个语言不通的城市都是靠它们解决了大麻烦

2. 可以找警察叔叔帮忙，他们一般都比较靠谱。

这位警察特别热心，一边比划还一边画了幅地图给我。就是英文实在"麻麻地"，连第几个路口、左右、数字都不灵光，只能靠我有限的意大利语进行沟通。后来聊天说起语言问题，朋友回得很绝："谁规定警察英文就得好？咱大中华的警察叔叔也不一定都会说英文嘛。"有道理哦……

明信片上看到修道院里有处很漂亮的小广场，找了挺久，最后发现原来是教学楼的户外中庭。走道上都是门，却通通锁上，怎么也推不开。问了好些学生，总算遇到个英文非常棒的，聊了会儿。原来外部建筑已老化，有掉落的危险，所以禁止出外。仔细看，果然顶部都有钢筋支撑，只能隔着玻璃"到此一游"了。

经过一间课室正好在教英文，听了几分钟，都是比较基础的内容。岛上的骚年们确实得加把劲啊——不过感觉意大利人对自己语言特别骄傲，不太瞧得上所谓的国际官方语言。我的意大利语老师就经常说："英文是一门简单的语言，咱意大利语就不一样……"

巴洛克式建筑

　　虽然修道院不好找，寻觅途中却收获无数，每个街头巷尾都能发现漂亮的建筑。这真是一个美丽的地方，天空湛蓝无云、清澈透亮，路人也都帅气挺拔、风情万种。随便哪个角度定格下来，都是艺术品。

贝里尼雕像

　　出生于卡塔尼亚的音乐家贝利尼 (Vincenzo Bellini) 是岛上一位十分显赫的人物，美声时代最重要的歌剧作曲家之一，与罗西尼和多尼采蒂齐名。代表作有《诺尔玛》《梦游女》等，音乐风格对威尔第、肖邦等影响很大。卡塔尼亚到处都见他的雕塑，商业大道十字路口的这座最为著名。

　　商业大道两旁有好些教堂，有两座非常喜欢，顶上壁画非常华丽，在里面流连了许久，不舍得离开。

在西西里经常看到这个图案，是岛徽，叫 Trinacria。三条腿象征西西里的三个海角，麦穗或水果象征丰饶，中间是蛇头女妖美杜莎——希腊神话中美杜莎的头被珀尔修斯割下后，献给雅典娜镶在胸甲和盾牌上，因此这个头象征着岛屿的守护神雅典娜。（也有说美杜莎就是雅典娜某个时期的分身，希腊神话体系极为庞大，研究起来煞费脑力。）

此地着实养眼，浮光掠影却已不可自拔地爱上。喜欢那里的阳光，舒坦灿烂、温暖怡人；喜欢那里的建筑，气派典雅、底蕴深厚；喜欢那里的人，悠游自在、各得其所。

离开时，在卡塔尼亚街头巷尾抬头可见的埃特纳火山目送巨轮走远。乘客们纷纷守在甲板、船头，依依挥别。以合影结束这惊鸿一瞥吧，"环球游"第十一站西西里，愿有缘再见。

4月2日 / 意大利·罗马 / 晴

　　"环球游"第十二站来到世纪名城罗马，意大利首都，也是政治、历史、文化中心，更是古罗马和西方灿烂文明的发祥地，已经历 2500 余年沧桑。都说"罗马不是一日建成"，用一生时间都不够去爱她，我却只有一天来感受。惊艳、爱慕与不舍是必然的关键词。

　　罗马遍地都是令人赞叹的历史古迹，每处都有独具魅力的来源与传说；哪怕一个看似随意的角落，也许都是不容错失的精彩。时间本就极为有限，再加上《环球欣游记》视频特辑的拍摄任务，只能忍痛做出取舍，把最最精华的拿下：梵蒂冈—许愿池—西班牙广场—凯旋门—斗兽场。

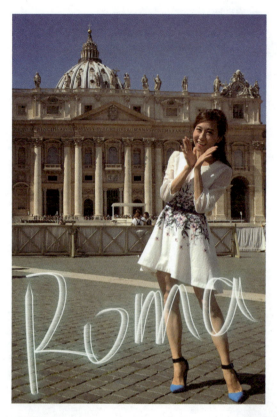

梵蒂冈

梵蒂冈，即使只有两小时在罗马也誓必要看一眼的地方。不知幸或不幸，碰上当天有大型活动，圣彼得广场和圣彼得大教堂都在布置，围栏内摆满座椅，广场还竖起大屏幕——晚上看到当地电视台在播放教皇讲话。如果我能一直留在罗马，必定去看看，相信场面非常壮观。

这个全世界最小的国家，是天主教教宗和教廷的驻地，位于罗马市区。这个"国中国"是天主教徒的圣地，被誉为"神的国度"。梵蒂冈的首领就是教皇，国家收入主要靠全球信徒的捐助，唯一的军队便是保护教皇的瑞士护卫队。

圣彼得广场

"等待"是进入梵蒂冈的唯一通行证，不少人担心费时过长而放弃。游人自觉围绕圣彼得广场排成一轮大圈，看着吓人，其实一直在缓慢前进。边等边拍些花絮，感觉完全可以接受。来之前大家都吓唬我："想进梵蒂冈至少得排两小时。"但我朝圣的决心极大，毅然前行。所幸运气也很好，大半小时便来到安检口。

圣彼得大教堂

终于进入圣彼得大教堂，激动不已。这座世界第一大教堂，由著名设计师米开朗基罗设计。相传它前身是一座小教堂，由耶稣十二门徒的大徒弟彼得建造，彼得的骸骨就葬在此，教堂因而得名。

圣彼得大教堂被誉为"精品博物馆"，富丽堂皇、精雕细琢，每个角落都值得用心鉴赏。她是全人类的瑰宝，一件360度无死角的艺术极品，在这里泡上一天都不够，只恨不能多几双眼。入口处的大立柱、吊顶、墙体，已是叹为观止。入内发现，没有最华丽，只有更华丽，处处都是惊喜。

恕我笔拙，无法用文字描述这是一座多么美丽的建筑，即使摆上数百张图片也不足以展现她的美好，愿你有机会亲自感受。如此瑰宝，一生值得朝拜一次。

教堂内虽是人潮汹涌，但每位游客都屏气凝神，不敢喧嚣造次。既怕话语惊醒了沉睡百年的雕塑，更怕走神错过了藏身角落的珍宝……耳边此起彼伏的，除了被艺术所折服的深呼吸，便是快门不断的声响。

进入梵蒂冈免费，但博物馆和登顶需分别收费。教堂入口右转有条连廊，长长的队伍便是等候登上塔顶看梵蒂冈全景的。坐电梯7欧，步行5欧。

时间实在有限，万分不舍也得离开。再次经过礼服加身的卫兵，不知为何，感觉他们并不让人生畏，反而很有戏剧张力。圣彼得广场是巴洛克大师贝里尼的呕心之作，也是他一生最伟大的建筑艺术品。两边长廊是圣彼得大教堂向世人伸出的双臂，每根柱子的柱顶都有一尊大理石雕像。这些雕像都是天主教会历史上的殉道圣人，神态各异、栩栩如生。梵蒂冈，相信我们必定会再见面，愿下回能从容、细致地感受你无与伦比的每一处。

许愿池

即使你没看过《罗马假日》，应该也在无数影视作品中见过大名鼎鼎的许愿池——特莱维喷泉，又称少女喷泉。"特莱维"是三岔路口的意思，意指前面有三条道路延伸出去。喷泉主雕塑为海神尼普顿，背后是雄伟的宫殿，设计师萨维巧妙借景，使喷泉与宫殿融为一体，雄伟壮观。传说当时人们通过一位少女的指示才找到泉眼、修建了水道，这便是"少女喷泉"名字的由来。

可惜喷泉正在维修。来之前朋友说去年9月已是封闭状态，心想这都过去半年，怎么也该修完了吧。去到一看整个人傻了眼，大部分都还是用白色麻布包裹着，幸好正面已经露出。据当地人介绍，得修到2016年8月。罗马很多古迹都在维修，为米兰世博会做准备。

之所以叫"许愿池"，顾名思义是能满足心愿。传说投一枚硬币进去，表示会再回来罗马；两枚表示会与喜欢的人在一起；三枚表示让讨厌的人离开。景点四周满满都是人，基本拍不到干净的镜头……

西班牙广场

许愿池不远便是西班牙广场，依然是贝里尼的杰作。这里最著名的就是那片台阶，以及台阶上密密麻麻的人……在这流连的可不只是游客，还有很多当地"潮人"，据说不少导演、星探也会来发掘新面孔，有星梦的年轻人爱在这里碰运气。

看这台阶上人山人海，热闹得像广州的迎春花市。很好奇是怎样的心态促使他们坐这儿打发时间？这么多的人，看到都头皮发麻，我想我有轻微的人群恐惧症。

下台阶左转，有座非常漂亮的石碑。刚开始以为那就是西班牙广场，把爸妈忽悠在此休息，我跟摄像小伙伴继续前行找拍摄点。见着"真身"才恍然大悟，可惜为了拍摄也没时间回头叫他们过来……所以，我可爱的爸爸妈妈与西班牙广场近在咫尺，却始终没见过，哈哈哈！

西班牙广场吸引游客的另一亮点便是名牌店林立，可惜距此有段路程。时间太紧，早已放弃血拼，只随意逛了几家沿途小店。附近店铺其实蛮多，不少中国同胞在看店，不知是老板还是店员，反正满耳中国话，一时不知身是客。

罗马竞技场

来罗马又岂能错过它？"何时有 Colosseo，何时就有罗马，当 Colosseo 倒塌之时，也是罗马灭亡之日。"罗马竞技场 (Colosseo) 又称斗兽场，于 72 年由维斯帕基安动工，80 年由其子台特斯完成。罗马竞技场自诞生那日便是、到今日仍是罗马的象征。

斗兽场同样在维修，便没耗时排队进入。虽如此，却无太大遗憾，今日能来到它身旁，感受那份恢宏雄壮的历史氛围，我已是心满意足。

君士坦丁凯旋门

斗兽场旁边这个拱门，便是大名鼎鼎的君士坦丁凯旋门，是为了纪念君士坦丁大帝在 312 年击败与他共治的暴君麦克希麦那斯而建。它是现存最大的凯旋门，就连巴黎凯旋门也是仿造此而建。

安排线路时可是做足了功课，特意赶在最美的日落时分。夕阳洒在身上，既温暖又惬意，更为古迹染上一层柔和的光晕，分外迷人。

"环球游"第十二站罗马，在满心欢喜与满腔失落之间告别意大利。欢喜源于惊艳，失落源于不舍。非常喜爱这个底蕴与时尚并存的国度，这次只能感受其雄浑历史于万一；未能细细品味，就当给自己更充足理由来日再访，愿尽快有机会再次踏足！

4月3日 / 法国·马赛 / 晴

　　"环球游"第十三站马赛，是法国最古老的城市，也是地中海沿岸第一大港。中世纪时，法国本土的香水等特产大都由此向欧洲各国输出，历史上法国第一艘开往亚洲的商船也是从马赛出发，可谓名噪一时。虽然此行不去巴黎有点可惜，但马赛也是响当当的旅游胜地，用心感受吧。

旧港

2600 年前，希腊人发现了这片小海湾并将其作为贸易港口，由此开启马赛历史的记载。马赛商业繁荣，文化交流频繁，成为各种文明的交汇点。现在的马赛港分为旧港和新港，旧港位于城市港湾内，是游客必到之地。码头一带遍地都是餐厅、小店、博物馆，这座摩天轮最为"吸睛"。坐一圈升上天空看看马赛，应该是个不错的选择。

旧港一带既有 14 世纪的古老城堡，也有密集排列的现代游艇；既有古老庄严的教堂，也有现代摩登的商厦。各色人种云集、东西文化交融，真正体现"文化马赛"的风貌。这个竖起巨型反光天花板的小广场，吸引无数游客仰头拍照。

环城小火车

马赛不大，环城小火车走一圈正好。来之前查资料已经相中小火车，在旧港转了转便着急找它。见到蓝色票亭便是车站，两条线路可选，我一心念着山顶的圣母院，自然选择上山。票价 8 欧 / 人，约 20 分钟便能到达山顶。每班火车间隔 20 分钟，可以玩够了再回程下山。

加尔德修道院

　　山顶便是这座加尔德修道院 (Basilique Notre Dame de la Garde)，又名"守护圣母教堂"，地处马赛制高点，在旧港任何地方抬头望去，都能见到那座金光闪闪的圣母雕像。这里拥有极佳视野，是整座城市最亮丽的风景。罗马拜占庭式的长方形基督教堂气势恢宏，教堂穹顶建于 1853~1864 年。

城市全貌

　　时间充裕，慢慢看、慢慢发现，心满意足了便回到教堂脚下的停车场，等小火车下山。回程走的是快道，山路陡峭，有段坡道倾斜度妥妥超过 45°。果然近了许多，不用 10 分钟便回到旧港的小火车票亭。

隆尚宫

很想去伊夫堡 (Château d'if)，大仲马的《基督山伯爵》背景正是这座海中央的城堡。小时候看过名著，有机会踏足自然想亲临其境，可惜到此便得知：由于天气原因，伊夫堡今天关闭。

此外马赛还有几处值得留意的景点，但刚在上一站罗马打完一场"硬仗"，实在不想那么"拼"了，只挑最感兴趣的便是。修建于 19 世纪 60 年代的隆尚宫，据说非常漂亮，侧翼是马赛最古老的美术博物馆，另一侧还有自然历史博物馆。听起来不错，就去这儿！票亭工作人员教我们坐地铁过去，还帮忙写好站名。进入地铁站后，找了位美女在售票机帮忙买地铁票，1.6 欧 / 程。

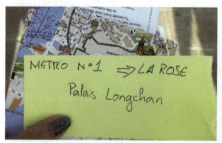 

去到陌生地方，感受当地人生活是旅行最大乐趣之一，坐地铁、大巴都是很有趣的体验，可惜不是每次都有这个闲暇时间。顺利到达隆尚站，找到公园入口发现铁门已关闭，明明资料说开到 6 点半，那会儿才 5 点 45 分左右。跟守门的胖大姐说进去转转很快出来，可她就是不愿意。

算了，缘分未到，就在附近转悠。

地图真是好朋友，可惜看了半天，发现附近没啥好玩，还不如回旧港。夕阳已然西下，应该能拍些好照片。

马赛夕阳

　　果不其然，落日为整个旧港洒上一层金粉，说不出的美好。夕阳退隐后，漫天红霞更是艳丽，几乎比得上普吉岛那日海中央的火烧云，极为美好。如斯浪漫的天幕之下，与马赛道别，悠然随心的"环球游"第十三站结束。

4月4日／西班牙·巴塞罗那／雨转晴

　　"环球游"第十四站，来
到西班牙名城巴塞罗那，高迪、
哥特式建筑、足球文化……太
多精彩绝伦的主题，注定了这
是筋疲力尽、硕果累累的一天。
清晨到达哥伦布广场，天色极
为暗沉，随后下了几阵暴雨。
所幸中午开始放晴，感谢太阳
公公一路陪伴。

圣家堂

现代主义最著名的建筑奇才安东尼·高迪（Antoni Gaudi），其伟大杰作神圣家族教堂（圣家堂）是巴塞罗那的地标性建筑，吸引全世界游客前来"朝圣"。这是一座非常雄伟的新哥特式教堂，其创意和野心都极为庞大，被誉为人类有史以来最宏伟的建筑。

圣家堂始建于 1882 年，由高迪设计并负责建造，那年他刚满 30 岁，随后毕生都致力于此。如今的圣家堂仍然按照最初的设计规划在建设，预计 2026 年完工。建成后将有 12 座塔楼，代表 12 门徒；中央最高塔楼代表耶稣，登上便能纵览全城。

圣家堂堪称传世之作，极为雄伟壮观，其创造性与艺术性令人叹为观止。眼前所见已是目不暇接，还有无数吊机、手脚架围绕，画面略显怪异，却也更添神圣，令人不禁构想建成之后的教堂将是如何宏大？

TIPS 小贴士

强烈建议网上预购票！前期功课没做仔细，未提前预约。当天虽知道要排队，也已做好心理准备，可去了发现压根不是排队能解决的问题：优哉游哉玩到圣家堂时约正午 1 点，一问已卖到晚上 7 点 50 分的票，而教堂 8 点关门……只好放弃。虽然挺遗憾，但想想只有一天时间，要么"深"要么"泛"，只能二选其一。这次便尽量多逛些地方，下次来再精挑细看。

这是票亭工作人员现场派发的传单，呼吁游客尽量网上预购票。

巴特罗之家

很多人来到巴塞罗那，都会不由自主展开高迪主题之旅。除了圣家堂，大师在这座城市还留下一系列精彩建筑，引来世人无数话题与赞誉，著名景点巴特罗之家(Casa Batlló)便是其一。

建筑本身便是一个故事：美丽的公主被龙困在城堡，加泰罗尼亚的英雄圣·乔治为救出公主与恶龙搏斗，用剑杀死了龙。龙的鲜血变成一朵玫瑰花，乔治把它献给了公主。高迪的灵感来源于此，建筑的每一处设计都有特殊含义。

巴特罗之家的价值早已超越建筑本身，在世界艺术史、建筑史和设计史上都是一个永恒的传奇。

米拉之家

距离巴特罗之家不远便是米拉之家(Casa Milà)，同样是高迪最著名的建筑之一，也是他设计的最后一个私人住宅。这是一套以现代主义风格装饰的公寓，有个超现实主义的屋顶，以及怪异的烟囱，建筑内设博物馆和高迪办公室。

古埃尔公园

　　古埃尔公园是一个开放式空间，石阶、石柱和石椅上贴满各式马赛克，由瓷砖拼砌而成，色彩斑斓，让人有如身处梦境，据说高迪晚年一直隐居在此。精华区是公园入口处，有一只非常著名的马赛克蜥蜴。可惜与圣家堂情况一样，我没提前上网预约，4点去到的时候票已卖到晚上6点半。进不去核心区，只能在外部游走。

　　虽错过最精彩之处，却也玩得挺开心。感谢这位卖艺者，应该称他为"快乐生产者"，他制造的巨型泡泡为游人带来无数欢声笑语。不只小朋友喜欢，很多大人也都围观许久。

　　古埃尔公园在山腰，沿途蜿蜒而上的道路两旁有许多小店，东西都挺可爱。萌态可掬的西班牙舞女郎、马赛克主题的各式摆设，还有公园见不到的大蜥蜴，这里遍地都是。

这位街头艺人，同样吸引了无数惊叹与注目

经过这堵围墙非常喜欢，浪漫紫花在迷人的早春怒放，让人见着分外喜悦

古埃尔宫

　　古埃尔宫 (Palau Güell) 是高迪于 1886~1888 年为其挚友古埃尔伯爵设计建造的宏伟官邸，奠定高迪"氛围空间创造者"的艺术地位。他所热爱的碎瓷拼贴法，也是在这里首次大规模运用，1984 年入选联合国世界文化遗产。

　　天才高迪之死令人唏嘘：1926 年 6 月 10 日，巴塞罗那举行有轨电车通车典礼。突然，一位老人被撞倒，送到医院不久便过世。

　　起初，所有人都以为这个穿着寒酸、形容枯槁的老人只是个乞丐罢了。没想到，一位老太太认出他正是安东尼·高迪——巴塞罗那最伟大的建筑师和最杰出的公民、整个西班牙的骄傲！出殡那天，巴塞罗那全城的人都出来为他送葬、致哀。

巴塞罗那足球俱乐部

作为世上最受关注的体育运动，即使你不会踢球，一定也看过无数足球赛；即使你不能倒背如流各支顶级球队，一定也曾听过"巴塞罗那"。我非球迷，今天还是不能免俗地来到著名的"诺坎普"巴塞主场。

楼高数层的官方纪念品店，人气极旺。想必铁杆球迷来到一定会无比兴奋、疯狂扫货。

入口处也有一排纪念品出售，东西感觉大同小异，没有认真比对。票亭人气也不低，一直排起长龙，正在售卖 4 天后的球赛门票。

西班牙广场

　　这并非计划中的精华景点，只是经过时觉得挺漂亮便下车瞧瞧，走近细看惊呆了，问人才知道叫"西班牙广场"。非常壮观，游人极多。

　　大家坐台阶上等候这座"魔幻喷泉"的表演，我们无意赶上了。石阶前的四根大石柱名为"加泰罗尼亚四圆柱"（Les quatre columnes），由艺术家Josep Puig i Cadafalch 设计。

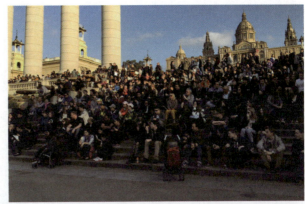

看着人群，想起罗马的西班牙广场，台阶上也是密密麻麻坐满人。这广场名字有点意思，人气保证。

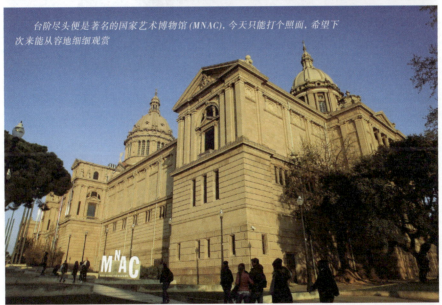

台阶尽头便是著名的国家艺术博物馆(MNAC)，今天只能打个照面，希望下次来能从容地细细观赏

西班牙广场对面的玛丽亚·克里斯蒂娜女王大道，目测是城市中轴线，笔直宽阔。路口矗立着两座威利斯塔，高47米。站在高处远眺，整个巴塞罗那尽收眼底，不少人会一直坐在台阶上欣赏日落。

观光巴士

巴塞罗那景点众多、又比较分散，"贪心的游客"想尽量多看，查资料时便锁定城市观光巴士。全程一共3条线路，囊括所有地标，任何站点随上随下。红、蓝线全年运行，绿线是4月才开始的夏季线路，正巧赶上。

车票27欧/人，记得保管好，每次上车都会检查。车上有随行导游，会帮忙解答各类旅游问题。座位有景点语音介绍，多国语言可选，包括中文。那个"大眼睛"便是站牌，不同颜色的大圆圈代表各条线路。

沿途经过无数漂亮建筑，特别重要的语音介绍都会提及，并讲解背景与设计理念。听到感兴趣或看到喜欢的，便下车逛逛。

著名地标基本集中在红蓝线，绿色主要走海滨。唯一亮点是几处建筑，以及帆船码头，在经过一长条海岸线及数个奥运场馆后到达。我们下车走了圈，码头对面是座赌场，附近还有几排商铺。在这里遇上暴雨，躲进了咖啡店。雨天特别冷，喝杯极浓巧克力，顿时暖意洋洋。

三条线路基本走完，既无法深度游，唯以"多"取胜，初次见面也算圆满。

哥伦布广场

　　哥伦布纪念塔 (Monument a Colom) 是 1888 年为万国博览会（现"世博会"）所建，塔高 60 米，顶端伫立着意气风发的哥伦布雕像，就是这位探险家为西班牙开启了海上霸权。纪念塔所在广场称为哥伦布广场，附近一带有许多知名建筑与博物馆。

　　我的巴塞罗那一日游从哥伦布广场开启，最终也回到这里，完整感受到它的日与夜。清晨到达时，寒风凛冽，跳蚤市场已有店家在铺摊摆卖。

晚上回来，跳蚤市场已人去楼空；反而十字路口对面的步行街却热闹非凡，数之不尽的艺术家和手工艺者在此摆摊。步行街两旁还有许多雕塑、餐馆和手信店，人气高涨。抬头一看，晚霞很美，虽有树木与建筑物遮挡，隐约间更显艳丽。

白天一路赶景点，晚上时间相对充裕，想坐下来慢慢画一幅，可惜喜欢的画家半天都未完成大作。

其余画风又太诙谐，只好作罢。

披星戴月地在哥伦布广场流连，直待累得再也迈不开腿，便心满意足地结束"环球游"第十四站巴塞罗那。下次来一定吸取教训，早早预订各处景点门票，尽情领略西班牙的迷人魅力。

下一站，葡萄牙。

4月7日 / 葡萄牙·里斯本 / 阴转晴

　　"环球游"第十五站，来到葡萄牙首都里斯本。"陆止于此，海始于斯"，曾经的海上霸主正是在这里向大海出发，穿过浩瀚的大西洋，发现南美洲大陆，从而验证地球是圆的。自此，葡萄牙人依靠强大的海上力量，大规模向全世界扩张与殖民。

　　到十五六世纪，葡萄牙已经在非洲、亚洲、美洲建立大量殖民地。直至1580年葡萄牙被西班牙侵占，开始逐渐衰落。澳门便是葡萄牙的最后一个殖民地，1999年12月20日，葡萄牙结束在澳门长达442年的殖民统治，将其交还给中国。

　　首都里斯本坐落在七个山丘之上，又称"七丘城"。它的辉煌已属于历史，1755年遭遇大地震更是几乎被夷为废墟……本非愿望清单上的重点行程，加上欧洲站目的地紧凑，一路走下来已有些疲倦，今天只打算轻松随意逛逛。买了张地铁/大巴/电车通用的一日票，拽着地图，走到哪儿是哪。

圣哲罗姆派修道院

　　圣哲罗姆派修道院 (Mosteiro dos Jerónimos)，是我在里斯本之行最惊艳之处。这座恢宏壮观的曼努埃尔式建筑始建于 1496 年，带有优雅古旧的雕刻装饰以及精美婉约的石灰花砖。葡萄牙的国家考古博物馆便设在此，当天是埃及主题展。进博物馆得排长龙，时间有限，我们只好放弃。进教堂则无须排队，里面颇为壮观。

都说"黄山归来不看山"，刚经历过梵蒂冈圣彼得大教堂的洗礼，本以为很难再对教堂有感，未曾想在此还是不禁赞叹。可惜其中一侧在维修，稍稍影响了美观。

这座经历100年时间才建成的伟大建筑，是葡萄牙最华丽雄伟的修道院。有着令人震撼的超宽300米门面，被后世认作曼努埃尔式建筑的"珍宝"。若有机会来里斯本，切莫错过。

前庭广场的这部马车虽是旅游项目，却也非常吸引眼球，既帅气又优雅。

见到它，坚定我寻觅"马车博物馆"的决心（可惜非常不好找，问了好些人才见到）。这位看管马车的女骑士服饰很古旧，真好看。

四轮马车博物馆

　　修道院附近的这座老式马车博物馆 (Museu Nacional dos Coches)，是世上最好的四轮马车收藏场馆之一，也是里斯本极受欢迎的博物馆。网上查资料见到便决定要去看看，可它特别低调，门面很小。一路问人，直到最后警察叔叔带路才见着。

　　门票 6 欧 / 人，虽场馆不大，但别处难得一见，还是挺值得。这里原为皇家骑术学院，馆内藏有 16~19 世纪的各种马车相关物品。一楼场馆分两排、按年代摆放，完整再现马车的发展史。遥想当时葡萄牙在国际上的影响力空前绝后，国力极为强盛，贵族生活奢侈，马车制作自是非一般精美。

总统府

　　修道院与马车博物馆之间有座总统府 / 博物馆，经过时正好碰上哨兵换岗。士兵们感觉挺随意，步伐也不整齐，跟希腊雅典宪法广场的相比差太远了。

圣胡斯塔升降机

这座新哥特式的"圣胡斯塔"钢铁升降机 (Elevador de Santa Justa)，是里斯本人气最高的观景电梯，高 45 米，通过螺旋楼梯可达顶层，被公认为登高欣赏里斯本的最好选择。圣若热城堡、罗西奥广场和庞巴尔下城……各处景色一览无遗。

电梯内饰古色古香，开关梯门还得靠工作人员手拉，挺有意思。进电梯 5 欧 / 人，如果持有交通一日票或观光巴士等可以免票，但登顶需要再补 1.5 欧。

圣母大教堂

　　圣母大教堂 (Sé de Lisboa)，是罗马天主教里斯本宗主教区的主教座堂，前身是一座清真寺，位于古老的阿尔法玛区。它是里斯本最古老的教堂，自 1147 年兴建之日起历经多次地震而幸存，并曾数次改建，混合了罗马、哥特、巴洛克等建筑风格。

教堂前停满了 TukTuk 车招揽生意。里斯本山路众多，若不想爬坡，这确实是好选择

罗西奥广场

　　罗西奥广场是里斯本中心，从这里可以步行至各大热门景点：往北是自由大道 (Avenida da Liberdade)，一路的奢侈品店及艺术家特色店；往西是高区 (Bairro Alto)；往南和往东分别是低区 (Baixa/Chiado) 和阿法玛区 (Alfama)。

离广场不远有家非常出名的"巴西人咖啡馆"，这位诗人的铜像便是标记

商业广场

　　罗西奥广场一直往海边走是步行街，尽头便是商业广场，又名宫殿广场（Terreiro do Paço），毁于1755年大地震的里韦拉宫曾位于此。商业广场被誉为全欧洲"最美的广场"，中央是约瑟一世的铜像。广场四周及步行街遍布露天咖啡馆与餐厅，晒着太阳打发一个愉快的下午，应该是件惬意美事。

　　奥古斯塔街凯旋门 (Arco da Rua Augusta) 位于商业广场北侧，最初设计方案是一座钟楼，但在一个多世纪的建造过程中逐渐成为一座精雕细琢的拱门，顶部有四尊雕像。上面刻有一句极富欧式古韵的话：荣耀为天赋和勇气加冕。

28 路叮叮电车

里斯本是一座"停留在中世纪"的城市，除了各式古旧建筑，叮叮车当属最具代表性的景观之一。这路 28 号电车更是经典之作，在老城区里慢条斯理地游走，囊括了各大景点。有时间必须"慢"下来，坐上一圈。

坐叮叮是件舒心的事儿，"拥挤"这个词不适合出现。第一辆车人特别多，没上去，拼运气再等一辆。很快便等到，果然好很多，可以找到喜欢的位置，感受慢游之趣。

涂鸦满城

　　放眼望去，橙色屋顶是里斯本当之无愧的标志，但遍布全城的艺术涂鸦，却也是赏心悦目的里斯本回忆。同行朋友说了句特别有意思的话："葡萄牙应该叫葡萄鸦，涂鸦的鸦。"

贝伦葡挞店

不少人去澳门都会品尝各式葡挞，来到正宗发源地葡萄牙又岂能错过？里斯本最出名的便是这家贝伦葡挞店 (Pasté is de Belém)，正宗又地道。这家店 1837 年开业，是快 200 年历史的老店了！吃上贝伦葡挞是今天的战略目标之一，队伍多长都无法浇灭吃货的热情。

认住这个蓝色标志，就是它了！其实哪儿人多就跟着排吧，准错不了。葡挞 1.05 欧 / 个，一般都至少买上半打，装在一个精致的白色纸盒里，还有肉桂粉等配料。

可惜赶时间，不然一定在店里好好坐下，喝杯咖啡、尽情享用。除了葡挞还有各种甜点，逐样试！想想都嘴馋……可惜我们只能打包拿走。

贝伦葡挞实在好吃！父母也都赞不绝口，酥皮脆而不焦、蛋心甜而不腻，后悔买少了，看那队伍却没勇气再排一次。陷入齿颊留香的怀念之中，幸福指数瞬间飙升，冲着它我愿意再来葡萄牙。

一个意外惊喜能点燃一处记忆，期望不高反而幸福满溢。"环球游"第十五站里斯本，在对葡挞的无限回味中甜蜜结束。

4月9日 / 蓬塔德尔加达 / 雨转晴

"环球游"第十六站蓬塔德尔加达 (Ponta Delgada)，一个上网搜资料也查不出所以然之处。来之前只知道它是葡萄牙属地，综合各方信息得知："这座城市是亚速尔群岛的首府和行政中心，位于圣米格尔岛。15世纪葡萄牙阿齐兹王朝时，被航海家亨利王子所领导的海洋探险队发现，并取得其归属权，如今成为一个度假胜地。"据说这是一座风情浓郁的小城，景色秀丽，港口地区热闹非凡。

带着仅有的这些认识，踏上未曾闻名的小岛。初看平平无奇的蓬塔德尔加达，不曾想竟拥有无与伦比的深山美景。来吧，一同开启神奇之旅！

港口

当日天气一般，阴沉沉的，没走几步还下起雨。还好此行运气一路相伴，雨停后便再没下过。但天空也未见放晴，直到下午三四点太阳公公才完全露脸。

到达第一件事，自然是索取地图，咨询台这位帅哥很有耐心，介绍了挺长时间。他说："今天多云，梯田还有东边的火山湖都看不清，就去西边景色最好"。

这是蓬塔德尔加达观光地图，三处蓝色的便是此地最著名的火山湖。

天气时阴时晴，难得捕捉住阳光，没有动力入山，先在港口一带转转吧。这是市中心，人气确实挺旺，餐馆、商场、小店无数。遍地挂着葡萄牙国旗，跟当地人聊过几句，感觉他们挺以"葡属"为荣。

商业街

港口对出便是商业大道。这家小商场门前摆设很可爱，有只大奶牛——当地经济收入六成靠乳业，奶牛自然是他们的宝贝。还有奶牛脚边的绣球花，也是这里的标志。明信片、冰箱贴等热门手信，都能见到它们的身影。

刚开始见到这个中文招牌特别惊讶，没想到这么个世外之地竟有华人生根发芽。后来发现一路都是华人开的手信店和大超市，感觉还是自己没见识，大惊小怪了。

身后这栋满是涂鸦的楼宇，一层便是一家华人开的大型手信超市。

还有这家门口写着"中国红"三字，大概是店名，英文就直接叫"China Store"。不难想象，货品后都打着"Made in China"（中国制造），基本是些价钱不高、质量一般的小玩意。

购物商场

除了商业街沿途的各色小店，还有不少
大型商场，衣食住行各类用品齐全。我在一
家商场里的书店流连许久，与店主聊天。他
介绍，亚速尔群岛 1976 年开始实行自治，但
经济上还是受葡萄牙资本控制，以农业为主，
主要出口产品有菠萝、糖、酒等等。

马车游览

用"麻雀虽小，五脏俱全"来形容蓬塔德尔加达的市区观光游览，再合适不过，分别有老
式马车、观光巴士和环城小火车。先来看看我最喜欢的四轮马车，5 欧 / 人，绕市中心一圈。

当时没留意，过后看相片才发现，马的眼睛都被盖起来了。是为了让马不受外
界干扰，更驯服些？还是路面突发情况太多，以免它们受到惊吓？

观光巴士

观光巴士 10 欧 / 人，
车身满满一只萌奶牛。咨
询台帅哥介绍时便提过可
以搭乘"Milk Cow Bus"，
再次验证蓬塔德尔加达人
有多么热爱它。

小火车

　　环城小火车同样是 5 欧 / 人。进火车头玩了会儿，司机教我拉铃铛绳，无奈力气不够，拉得铃铛奶声奶气的，后面车厢里的老外一直笑。

市中心广场

　　一路走过那么多欧洲名城，之前无法想象一个完全排不上号的小广场，竟也让我们玩上半天。身后的建筑挺漂亮，顶上有个十字架，应该是座教堂，没进去看，不确定。

　　这个雕塑也有点意思——抱歉我只顾着玩儿，没去研究动作背后的涵义与故事，太"二"啦! 不过，难得去到一个完全陌生的地方，正适合干特别"二"的事儿。把平日里羞于展示的傻劲，通通抖搂出来!

主教堂

　　蓬塔德尔加达教区的主教堂是港口的地标，特别打眼。远看挺漂亮，可惜里面进不去。

邮局

　　蓬塔德尔加达邮局在商业街其中一个右岔道，不好找，问了很多人才去到。这地方难得来，也不知道还有没机会再踏足，明信片得给自己来一张。

湖光山色

　　重头戏来了，压轴介绍此行最大亮点——火山湖！本来见天气不好，不打算去了。但下午太阳出来，又碰见刚去过的朋友说上面极美，便毅然赶回码头包车入山。这是一座名为Sete Cidades的死火山，距离港口20分钟车程便来到半山腰平台。在此俯瞰两个一大一小、置身重峦叠翠怀中的火山湖，果然景色绝美。

　　上山后离云层近了些，天色其实并未见好，雾极浓；但氤氲之下仿佛罩上一层仙气，就像童话故事中精灵出没之地。满眼看不过来的绿：围栏小草是翠绿，崖边大树是茂绿，湖泊涟漪是水绿，岸边植被是明绿，远处山坡是黄绿……如此世外桃源，藏身于深山之中，感觉真奇妙。

未到达时，司机便一路预告，说我们走出车门看到景色一定会"哇"地惊呼。我只当是吹嘘，未曾想仙境入眼那刻，果然每个人都忍不住惊叹。那是从心底发出的一口深呼吸，真是太美了。

这两个一大一小相连的火山湖，分别名为 Lagoa Azul 和 Lagoa Verde。司机说："没完呢，还有值得赞叹的。"车行数分钟便来到另一处平台，虽然只是浅浅转了道弯，景色已全然不同。

若时间充足，可以步行攀山，或在山间公园露营。有兴趣的朋友还可以去附近的菠萝种植园和茶园参观——个人认为那些都是人工景点，哪儿都差不多，加上时间有限，就没去了。这些都是司机介绍的，看得出他非常热爱自己的家，一直说这里就是他的"big garden（大花园）"，多么诗意与自豪的概括！

回到山下，阳光灿烂，就连远方的梯田都变得清晰起来。海关官员乘快艇登船，办理清关手续，等待期间倚着阳台遥望对岸美景，心情极度愉悦。跟港口停靠的帆船说再见、跟热情好客的司机说再见、跟蓬塔德尔加达说再见，也跟环球之旅的"欧洲站"说再见。

"环球游"第十六站蓬塔德尔加达，在美不胜收的景色中落幕。闻所未闻的小城，却意外地玩个痛快。大抵这就是人生：期望越低，越容易满足。

下一站纽约，全球最繁荣、多变、炫目的大都会，向"美洲站"进发！

4月14~16日 / 美国·纽约（上）/ 雨转晴

　　"环球游"第十七站美国纽约，全球第一大都会揭开环球之旅"美洲篇"。拉开序幕的是清晨经过自由女神像时、海平面喷洒的水烟花，如此礼遇，让我对这座象征自由、平等与机遇的雕塑充满好感。那一刻便认定，登上她是此行最重要之事。

　　在纽约停留三天，虽远不足以看透这个世上最繁荣、复杂、多样的超大城市，却能较为从容地安排行程：第一日天气非常糟糕，乌云盖顶、雾霾极重，拍出来的照片完全没法看，于是临时决定去 Outlets（奥特莱斯，名牌特卖场），Woodbury（伍德佰利）也算是纽约的热门景点，打发一天不是问题。第二日大放晴，原计划正是这天登自由岛，然后去华尔街、新世贸、"9.11"遗址，晚上登顶帝国大厦赏纽约夜景，感恩一切如愿。第三日继续拍摄"环球游"视频特辑，如何设计线路拍出纽约特色，可是费了我不少苦心，最后行程为：时代广场—第五大道—纽约图书馆—中央火车总站—联合国总部。

自由女神像

　　若在纽约只能去一处地标，我会毫不犹豫选择自由女神像 (Statue of Liberty)，这座全世界最著名的雕塑，是无可替代的纽约之魂。

　　自由女神像全名为"自由女神铜像国家纪念碑"，又称"自由照耀世界"，1876 年法国赠送给美国的独立 100 周年礼物。她矗立在自由岛，被誉为纽约乃至全美的象征。

　　吸取巴塞罗那圣家堂的经验教训，提前在网站预订了自由女神像门票——可惜还未够早，因为皇冠门票限额极少，查询时已预订到 7 月。言下之意，若想在 4 月到达纽约时顺利登上自由女神的皇冠，就得 1 月提前买好票。只怪自己功课没做足……罢了，能买到基座票也不错，相信日后总有机会登顶皇冠。

　　当日天空非常美，清澈透亮，对比前一天的大雾霾，内心分外感恩。早早来到炮台公园 (Battery Park)，准备登船上自由岛 (Liberty Island)。安检非常严格，男士皮带全部要求摘下。经过"9.11"一劫，理解也支持他们的谨慎。

TIPS 小贴士

1. 要上自由女神皇冠，至少提前三个月购票。

2. 官方购票网站：http://www.statuecruises.com。

我们的票有优先权，无须等待直接上船。当慢慢驶离纽约市区那片炫目的摩登大楼群，乘客都不由自主高举相机猛按快门（上图左方最高那栋便是新世贸）。当与"她"越来越近，几乎触手可及时，谁能禁得住内心的悸动？这不只是一尊雕塑，她的背后蕴藏着数之不尽的故事与传说，激励了无数以她所代表的以"自由平等"为信仰、并为之奋斗终生的人。

登岛发现竟然"下半旗"，莫非与世隔绝漂了数天，错过什么大事？问工作人员得知：原来当日（2015 年 4 月 15 日）是美国著名前总统、黑人奴隶制的废除者林肯逝世 150 周年。未曾仔细钻研下半旗的各国细则，但逝世周年也行此大礼，应该算隆重吧？可见美国人民对林肯的敬仰。

TIPS 小贴士

参观票分三种：登岛 (Reserve ONLY)、基座 (Pedestal)、皇冠 (Crown)。登岛只能在外围参观，有这样一圈护栏围蔽，而且离"女神"还有很远很远一段距离。

三种票价相差甚微，分别为皇冠 $21、基座 $18、登岛 $18。登岛与基座同价，因为基座票也不是随便卖的，同样每天有限额，售完就只许登岛不得入内。所以建议大家还是尽量网上提前预购，不仅保险些，还省去了现场排队的时间（据说旺季有等 2 小时的）。

开启自由女神探索之旅！所有包包禁止携带（仅允许带手机、相机），入口处有指纹储物柜，$2/2 小时。进入雕塑内部首先看到女神曾经用过的这个大火炬。接下来便搭乘电梯登上基座。到达基座后，如果手持皇冠票便可进入这个旋转楼梯，自己走上去。很窄，只能一人通过，共 162 级楼梯。今天只能望梯兴叹，希望下次能征服你。

走出平台，便来到女神脚下。当亲手触碰到她，确实挺开心，感觉来纽约已经完成任务。

自由女神双唇紧闭，头戴光芒四射的冠冕，七道尖芒象征世界七大洲，身披古罗马长袍，脚下环绕着断裂的锁链。她右手高举火炬，左手册子上写着美国《独立宣言》发表的日期：1776 年 7 月 4 日。此时此刻，特别感受到这句话的分量："自由照耀世界。"内心深处对梦想的向往与激情，仿佛瞬间被点燃。

在这里回望纽约，景色一流

　　我们去得比较早，游人不算太多。在这里撒开玩儿，拍了各种搞怪照片，朋友们看到都惊讶怎么如此清净。没有诀窍，就是去得"早"，还有慢慢"等"。蹦跶完累坏了，还是静静坐着摆拍比较适合我。

　　纪念品店有各式各样"自由女神"主题的小玩意。身后的蜡像便是自由女神之父——法国雕塑家巴托尔迪，来头大大的，正是巴黎埃菲尔铁塔的建造者！据说自由女神的容貌是他以自己夫人为蓝本设计的，多么浪漫。

桌上还有几份设计草图

　　这片休息区挺舒服，坐在自由女神背后喝着咖啡、吹吹海风，如何还能再惬意？手上拿的是语音导览器（门票已包含），入口处排队领取，有中文可选。离开前别忘了归还。

浪花轻拍，看着风景如画的天空，我不由得再次感恩今天的大放晴。

　　人在旅途，总会努力收集地标，经常听到"不去后悔，去完更后悔"的评价。全球愈趋同质化的旅游产业，难免浮现欺世盗名的假名胜，造成游客"期望过高却不过尔尔"的心理落差。尽量从地标背后的故事去解读和感受，这样的"集邮"也许会更有意义些。无论如何，自由女神像不会进入让人失望的名单。

爱丽丝岛

　　从自由岛回炮台公园途中，会停靠爱丽丝岛 (Ellis Island)。该岛因其于 1892~1954 年间是美国移民管理中心而闻名，曾是欧洲移民到达美国的重要一站。

　　当时的移民中心现已修复为移民博物馆，展示 15~18 世纪美国大移民时代的相关信息。

　　▶ 例行任务——找咨询台拿地图、确认后续线路。即将开启"华尔街 + 新世贸 + '9.11' 遗址"之旅

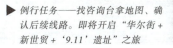

炮台公园

　　炮台公园于我而言，只是前往自由女神像的必经之地，之前没多查资料。下船回来转悠了一圈，发现景色其实不错。有群黑人青年围起街心舞台，跳街舞卖艺赚钱，气氛还挺好，坐着看了会儿。

纽约各处景点都能见到这样千奇百怪的"自由女神"

　　这便是往返轮渡。不要小看这张合照，右边的小黑点可是自由女神。为了找角度，腰都要拗断了！此外，除了纽约炮台公园，新泽西也有渡轮出发前往自由岛。

印第安国家博物馆

　　前往华尔街途中偶遇这处博物馆，又待了段时间。展出印第安人服饰用具等，非常华丽，而且免费开放。就是安检特别严格，丝毫不亚于自由岛。队伍前面一个欧洲女孩，包里不知有个小钳子还是啥的，检查了10分钟都不放行，最后让她拿出来放在大门外才给进去。

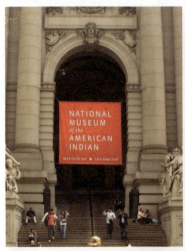

▲ 展品不让拍照。开始没留意，被工作人员劝止前拍了几张

只能在入口处留影，这座博物馆挺漂亮，很喜欢

▲ 二层有个小型议会厅，貌似刚开完讲座，人潮散去正好可以参观。见到话筒忍不住上讲台站站，好久没开"唛"啦

华尔街

　　华尔街应该是全球最著名的街道吧？至少也是之一。这里曾是美国大垄断组织和金融机构所在地，但现在很多都已搬离地理意义上的华尔街，迁至交通便利、视野开阔的曼哈顿中城区。这只赫赫有名的大金牛却依然屹立于此，接受全球各地游客的"摸"拜——真的是各种摸！

不要妄想在这里拍到干净的照片……看看这人潮，能拍到牛身上只有你，已值得捂着半边嘴乐

　　华尔街仿佛是金融业界的"点金石"，被无数影视作品提及，感觉"只有染指华尔街，才算冲出亚洲、走向世界"，而"世上所有翻手为云、覆手为雨的金融大鳄也都汇聚在此"。其实华尔街全长仅531米，宽11米，是 Wall Street 的音译。街道从百老汇到东河，仅7个街段，却以"美国金融中心"闻名于世。如今华尔街一词早已超越街道本身，而是代指对整个美国经济具有影响力的金融市场和金融机构。

华尔街到此一游便是，没啥好玩，倒是路牌对面的这座 Trinity 教堂非常漂亮。正巧圣诗班在练唱，听了几首。

教堂入口处有面铁牌钉在地上，标注：女王伊丽莎白二世 1976 年 7 月 9 日曾站于此。

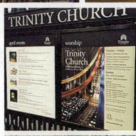

新世贸、"9.11"遗址

世界贸易中心一号大楼（1 World Trade Center），原称为自由塔（Freedom Tower），坐落于"9.11"事件中倒塌的原世贸中心旧址。大楼最上部是一个高约408英尺（122.4米）的螺旋尖顶，连上尖顶整个世贸一号大楼高达1776英尺，象征着美国1776年通过《独立宣言》。其高度、比例、顶部天线和看起来像被刀削过的外观，都将唤起人们对2001年9月11日在举世震惊的恐怖袭击中、轰然崩塌的原世贸双子大楼的回忆。

寻思许久，不知该以何种表情在此留影。这里让人悲悯、让人伤痛、让人惋惜、让人愤怒……可任何一种情绪都不宜过度放大，毕竟生活总在继续。莫不如平复与静思最合时宜。

身后巨型水池所在地正是原世贸高楼旧址，以深灰色大理石砌成。涓涓细流汇成瀑布，静静注入池中央的深井，寓意"上善若水，生生不息"。四面围栏镌刻遇难者名字，不知亲友、爱人们轻抚这些名字时，是不是能稍稍抹平哀思与不舍？

"9.11"博物馆不少人排队，没费时等待，就此离开。一路走着还是抬头即见这座傲然挺立、直插入云的建筑物。旁边多处依然在施工，待全部完成，再来看看。

布鲁克林大桥

此表情名为"强颜欢笑"

在炮台公园时，跟旅游咨询台的工作人员又聊了会儿，他说"布鲁克林大桥就在附近，从华尔街、新世贸一路走下去便是。"心想布鲁克林大桥可是世上首座钢筋建造的悬索桥，名气非凡，若在附近自然不能错过。然而事实证明……这是一个坑啊！巨坑！

离开新世贸，带着爸妈走了 1 小时都没见着，好不容易冒个铁索出来以为有盼头了，拐个弯又消失。千辛万苦终于走近，却见不着全貌。问人说："要上桥？还得走好一段才能到去到远方某座高楼的入桥口……"果断放弃！

就在这里 Say 个 Hi 好了。教训总结如下：1. 有些地标只宜远观！2. 并非所有咨询台的信息都是金玉良言，还是得多问几人，去伪存真。

帝国大厦

长途旅游就像行军打仗，需要不断的目标激励，才能"打鸡血"勇往直前。帝国大厦的纽约夜景便是今日之"鸡血"。

一天下来本已非常疲惫，还在布鲁克林大桥走了一两小时冤枉路，可谓雪上加霜；内心挣扎了许久到底还去不去看夜景。所幸吃过晚饭，突然精神抖擞，感觉帝国大厦正在向我招手。而且邮轮就停靠在曼哈顿，这么近都不去看看，实在说不过去！于是毅然前往。

过后用四个字来概括：不虚此行。

这是观景区入口大堂，
开放至凌晨 2 点

帝国大厦 (The Empire State Building) 位于曼哈顿著名的第五大道，高达 381 米、共 102 层，曾现身于无数影视作品，最著名的当为《金刚》，国人熟悉的还有《北京遇上西雅图》。这座巍峨宏伟的建筑物在 86 层设有观光台，视野开阔，可 360 度饱览纽约全景。

参观门票 $32/ 人，检票进入后别忘了领取语音导览器，有中文可选。随后会有工作人员指引搭乘电梯，直上 81 层到达帝国大厦小型资料展。看完再上 86 层观景平台。

走出室外那刻极为震撼，无数彩光闪烁。华灯璀璨着天幕，夜景比星辰绚烂。可惜技术"渣"，只能拍成这样了。

我最爱这个角落，远方夜景极为华丽。偏巧此处风也最猛，为了拍几张照片牙齿都吹痛！当时便感慨：人生在世，要收获最美好的事物果然都需要付出最大的代价。

帝国大厦被誉为 The Heart of NYC——纽约之心，这称号真美。自 1931 年 5 月 1 日落成以来，帝国大厦曾雄踞"世界最高建筑"宝座达 40 年之久。如今虽已被取代，却无损其传奇色彩，依然是当之无愧的纽约标志之一。经过天际线夜景长廊，很喜欢，还有一片名人墙。

离开前，别忘了领取一份官方纪念证书。

时代广场

从帝国大厦走去时代广场约 20 分钟，去到正好凌晨时分，发现那里依然灯火辉煌，无愧"不夜城"之美誉。

巨幕上的营销创意非常成功：大屏幕播几段广告后，会切到实时镜头，慢慢 zoom in 到指定位置，然后锁定路人的笑脸，定格、放大，很好玩。我在纽约经过时代广场三次，玩足三次。每次停留至少 5 分钟，乖乖站那儿看广告……有图有真相，我不是唯一的傻瓜。

自己的笑脸被投射在纽约黄金地段巨幕 LED 上，看着还挺开心。我这电视人都如此雀跃，其他不常在屏幕上见到自己的游客难免更兴奋吧。

就以这张互不相识、却都共同快乐着的瞬时定格，结束纽约之行（上篇）。

4月14~16日 / 美国·纽约（下） / 晴

前文再续，来到《环球欣游记》特辑第二个拍摄日，也是个大晴天，真好！今日行程为：时代广场—第五大道—纽约图书馆—中央火车总站—联合国总部。Go Go Go！

时代广场

Times Square（又译时报广场）是曼哈顿的一块街区，被称为"世界的十字路口"。时代广场原名朗埃克广场，后因《纽约时报》早期在此设立总部大楼，于1904年4月8日正式更名为时代广场。由于知名度极高，全球不少著名城市都有商场或建筑取此名，中国大陆更是多达189处——广州就是其一！

时代广场附近聚集了近40家商场和剧院，大量耀眼的霓虹灯箱广告已成为象征纽约的又一标志。包括美国广播公司ABC在内的世界多家新闻媒体，都在时代广场设有演播室和新闻中心。这里是纽约市内唯一法令要求业主必须悬挂亮眼广告的地区。看到上图中国投放的国家形象宣传片吗？猜猜在这块全球顶尖营销高地打广告得花多少钱？

　　各种人偶在时代广场一带拉人合照赚钱；不知道给多少合适，一个都没帮衬。瞧那俩"芝麻"多逗趣，一个在数钱一个在玩手机，画面太诙谐了。

　　前面提过，在纽约第一日天色极差，走在曼哈顿和时代广场感觉非常一般，既杂乱又骚动，只想尽快离开。第二日深夜，上帝国大厦看完夜景，回邮轮经过时代广场却发现华灯闪耀、极为亮眼，被惊艳到。第三日晴空万里，再次来此亦感觉比印象中美好许多。果然再繁华的城市，初体验都不能缺了阳光或灯光的粉饰。

第五大道

第五大道（Fifth Avenue）位于曼哈顿中心地带，是一条重要干道，南起华盛顿广场公园，北抵第138街。沿途景点众多，既有博物馆云集的"艺术馆道"，也有一线品牌林立的"梦之街"。

这家临街商铺售卖手工原料，有数之不尽的各色缎带和蕾丝边，橱窗极美。卖缎带能卖到第五大道实在不简单，须知此地零售业租金是全球最昂贵的，没有之一。

纽约公共图书馆

"商业"过后便是文化主题。这幢图书馆我非常喜欢，真希望能好好泡上几小时慢慢看。

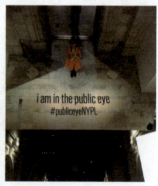

里面有个老照片展，见到许多珍贵资料，而且允许拍摄，待了好一段时间。展览入口处这块镜面天花板很吸睛，经过的人都忍不住拍几张

中央火车总站

这座火车站 (Grand Central Terminal) 落成于 1913 年，至今已有上百年历史。每天约 500 个班次列车、50 万人次进出使用。

这里不仅是世上最大、最忙碌的运输建筑，也是全球最大的公共空间（比巴黎圣母院中庭还大），即使人头攒动，依然为游子留有足够的空间迎送道别。大厅拱顶是黄道十二宫图，共有 2500 颗星。

为拍这张"川流不息"，人潮中一动不动独自站了许久，不断接受注目礼，还有人直接过来问"May I help you？"忽然觉得自己好像街头艺人，再站下去也许能收到硬币。

联合国总部

联合国总部（United Nations Headquarters）位于曼哈顿东侧，可以俯瞰东河。这块领土不属于美国或任何国家，而是世上唯一的国际领土。这里非常低调，外观完全不见"联合国"字样。但很好找，就位于第一大道（1st Avenue）最靠海处，而且有个特殊的标记——万国旗。

这栋39层板式建筑便是联合国秘书处大楼，外形神似"火柴盒"，是由包括梁启超之子梁思成在内的世界10位建筑师共同讨论设计的。

我们赶上了"收旗"，推断是4点左右从左侧开始。刚到达时，举目所及还是满满一片彩旗，找了好一会儿不见中国国旗，便开始拍摄，想着拍完再慢慢找——压根没想到联合国还有每日"收旗"这一出。无意中看到远方有旗帜在下降，才发现已一面紧随一面地在收。画面还挺有趣，真是来得早不如来得巧。可惜没见着五星红旗……估计挂在最左侧。

安检挺严格，但进去后便很随意，基本可以四处走动（不允许进入的区域会有保卫在警戒位置拦下）。大堂设计简洁干练、色彩明快，提前预约还可跟随工作人员参观理事会会议厅和大会堂。我们时间有限，而且还有更重要的任务——稍后揭晓，便没参加。

入口方向的右手边，拐角处装裱着几面虽已破损却有重要意义的联合国国旗。

大堂走道放置着几张靠墙长椅，上方悬挂联合国历任秘书长画像。大家熟悉的安南、潘基文等挂在右方，可惜那张沙发长期被几位美女占据，等半天也不见有离开的迹象，镜头便没扫过去。

"重要任务"答案揭晓：此行最大亮点非联合国邮局莫属！当天（4 月 16 日），正巧联合国发行 2015 年首日封，能在发行当日收藏这份特殊的旅行纪念品，意义非凡。邮品以鸟类为主题，非常精美；其中一枚邮票是缎面，光影之下别有质感。工作人员还主动问我们有没有带护照，可以加盖联合国章。当然不放过！这套首日封连同安检处发放的有个人名字的参观牌配套收藏，多棒。

离开时，所有国旗（超过 150 根旗杆）均已降下，只剩这面水蓝色的联合国国旗独自在风中狂舞。此情此景莫不正是设立联合国之愿景？当世上不再有国界之分，只剩这一个共同体，便真正实现了大同。然而，这也许永远只是一个愿景。

"环球游"第十七站美国纽约，硕果累累，无比圆满：登自由女神看日景，上帝国大厦赏夜景；拍摄顺利、购物愉快。还有什么遗憾么？有，没时间去大都会博物馆和中央公园……还是老话：下次吧，留点念想。

4月19日 / 美国 · 迈阿密 / 晴

　　"环球游"第十八站，迈阿密。对这个城市的认识停留在两个侧面：NBA球队迈阿密"热火"，以及电影《迈阿密风云》。而这些也仅是帮助我对这个名字不陌生而已，再无其他。到达前临时抱佛脚搜集资料：

　　据说，这里拥有数之不尽的迷人海滩，是美国退休人士最爱的城市之一，被戏称为"等候上帝召唤的Waiting Room"；又据说，由于受庞大的拉丁美洲族群影响，这里成为美洲文化的大熔炉，无处不在的拉丁文化为这个明媚的海滨城市增添了一抹异域风采；还据说，这里有一个世界自然（濒危）遗产——大沼泽国家公园，里面可以在鳄鱼身边穿行……好吧，关键词就这么简单粗暴地确定下来：拉美风情、国家公园、阳光海滩。

古巴风情区

　　迈阿密位于"阳光之州"(Sunshine State) 佛罗里达，有"拉丁美洲的首都"之称，拥有大量古巴后裔。要寻访迈阿密的古巴传统，必须来到小哈瓦那 (Little Havana)。

　　卡拉奥乔 (Calle Ocho) 是"第八街"的意思，属小哈瓦那心脏地带。这个街心公园则是心脏的心脏，人气聚集地，很多人在打牌。像不像户外棋牌室？我觉得很热啊，他们怎么受得了？

我们还是包车，司机是秘鲁人，他介绍这家餐馆的古巴三文治最正宗。经吃货鉴定：名不虚传！卖点是面包，酥脆度刚刚好。原来古巴的三文治也非常出名，来之前完全不知道，真是读万卷书不如行万里路。

大公鸡超可爱，不少商铺都用公鸡主题做招牌，吸引眼球

古巴的手制雪茄独步全球，当中又以哈瓦那雪茄最为有名，这点早已知晓。但以今日所见，除了雪茄，咖啡和木雕应该也是古巴特产吧？每家店都在卖。这位老板很有意思，自己做"生招牌"，一边抽着雪茄一边不停倒咖啡，邀进店客人试喝。

大沼泽国家公园

作为美国最独特的自然区域之一，大沼泽覆盖了南佛罗里达一大半。这片自然风光旖旎、野生动物聚集的广阔湿地，是美国第三处入选的世界遗产，而且是"濒危"类，意思是现在不看，说不准啥时就看不到了……仅凭这点噱头，贪心的游客也得慕名前往。

鳄鱼公园(Gator Park)，主要娱乐项目是"Air boat"气垫船。问司机是否还有别处，回答说没有。但我明明查资料看到"大沼泽公园可以自驾游，门票 $10/ 车，7 天内随意玩，还有好几个入口"。这里实在太小，全然不见想象中一望无际的大草原。可当地既没熟人可咨询，又没时间慢慢琢磨，只能顺其自然了。

门票自己在前台买约 $25/ 人 (具体小数点记不清)，但司机去买就是 $10/ 人，不知道是啥潜规则，反正里面各种猫腻。这里估计是大沼泽公园人气最高的一个旅游点，貌似很多旅行团都会来这儿报到。既然来了，"草上飞"必须来一圈。就是这样的小船，在草丛间穿行而过，寻觅鳄鱼踪迹。整个行程约半小时，景色还是非常不错。

河面时宽时窄，上一分钟还身处杂草丛间，感觉树木枝丫擦身而过；下一分钟却豁然开朗、极为辽阔，"原始和野生"状态保护得极好。没这么玩过，体验一下蛮有意思。开船的壮丁身兼导游，一路沿途介绍，发现有目标马上停船叫大家看。相机可得时刻准备着——但要拿稳，全速前进时开得飞快，一不小心就会掉东西，有船友丢了帽子。

主角出现！我们见到好几条鳄鱼，还有乌龟，其他鸟啊鱼的闪太快了，拍不着。有大有小，无论杂草还是浮萍之间，都能找到它们的踪影，一动不动，真懒……不过这是人家地盘，我们才是入侵者。

就这样走上一圈，迎面碰上"打道回府"的便相互 Say 个 Hi。见到远方出现公园招牌便已回到原点，行程结束。岸边有个气垫船模型，可以装模作样体验一下船长指点江山的感觉。

　　旁边还有一场接一场的鳄鱼表演秀，没啥特别意思，看完秀想与小鳄鱼拍照得收 $3/ 人。这位大叔就是秀场主角，分别拿了他的各种小伙伴出来：蜥蜴、牛蛙、鹦鹉、鳄鱼……

　　唯一互动就是挑了对观众：夫人亲牛蛙一下，老先生负责拍照。这个"青蛙王子"的桥段，害我暗自思索许久：如果叫到我，到底亲不亲呢？可惜没叫到我。出来后看到这棵树上竟然有只大孔雀。第一次见孔雀上树，就这么近在咫尺地在头顶漫步，还挺有趣。

　　若要问我这里有没意思，我觉得这是世纪难题，借用同伴一句话："来了后悔，不来也许更后悔。"请各位看官自行判断。

南海滩

迈阿密南海滩 (South Beach) 是全美著名的旅游胜地,曾被旅游杂志排入世界前十。不过此地出名并非因为海景,而是这里把餐厅、酒吧、夜店、色情、聚会等人气元素全都融合在一起,喧闹非凡。所以南海滩有个外号叫 "Party Beach"。

海滩景色真的只是不过不失,胜在"清澈"。天空如是,海水如是,水质挺好,沙石也比预期的细腻。

照片看起来还不错,湛蓝的天空、细白的沙滩、澄绿的大海,剩下便是满满的游人,密度极高。躺那儿晒太阳的比真正下水的多 N 倍,有人随意铺条大毛巾;有人租沙滩椅、太阳伞;更讲究些的还会租帐篷;但也有人超洒脱,就把自己搁沙上煎。

开始我只想走近沙滩看看,只看了两眼便忍不住脱鞋踩踩沙子……然后便踩进水里了,很舒服咧!

来这儿要么彻底融入，脱清凉了晒成人干；要么彻底放弃，蹦跶几下踩踩水赶紧撤。我很窝囊地选择后者。说实话，艳阳洒身上暖烘烘的，热到发麻，再碰触凉嗖嗖的海水，强烈的感官刺激还蛮舒服诱人。可我就是豁不出去，又怕被晒成炭，又怕被晒伤，帽子墨镜一样都舍不得摘，小短裤已是极限。

晒到出油，感觉浑身上下的水分、油分都要被榨干了

拍拍沙子走人。同伴们笑我是全沙滩最白的，看看也是，甭管白人黑人全都拼了命卯足劲，恨不得把自己烤焦。姐不属于这儿，还是赶紧拜拜！

164

海滨大道

沙滩边的这条大道一片欢腾，午后时分已是摩肩接踵，不知夜晚将是如何热闹。餐馆都是大红大绿的惹眼装饰，色彩调到最炫、音响扭到最大，震耳欲聋。

胜似脸盆的冷饮……这儿的人是有多渴▲

有这么一说："没到过南海滩和装饰艺术区，就不算来过迈阿密。"这里以众多奇思妙想的建筑和多彩的房屋闻名，是美国面积最大的国家历史遗迹之一。最有故事的建筑自然是这栋——著名意大利时装设计师Gianni Versace 曾经的住宅，他在自家门口被枪杀。惨案为此地蒙上了一层血腥、神秘与诱人的色彩，很多游人纷纷前来一探究竟。

我们只知大概方向，不清楚具体位置。来到这里见不少人对着门口拍照，心想应该是了！想确认一下，便问黑衣门卫，刚开口："Is it the house of……"话还没完，那人斩钉截铁地回答："It was."然后便高冷地走开了。现在这里貌似是一家餐厅。

▶ 附近有不少设计师店，最喜欢这家品牌的家居摆设。很多都看中，但都非常沉，行李已极度超重，一件都不敢买

迈阿密市区

据说迈阿密有无数豪宅，各种明星在此置业，我们最熟悉的应该是成龙。司机经过豪宅区时，不停介绍说哪部、哪部电影就是在这儿、这儿取的景……听完也记不住。坦白说，感觉大都会的商业区哪儿都差不多，摩天大楼、人流如织、霓虹闪耀，就这样了。

这座开合桥挺有意思，正巧遇上有船驶过，被拦下时排在首位，全程参观很过瘾。

海滨广场

迈阿密有"世界邮轮之都"的美誉，港口码头的繁荣程度自是不同凡响，最后一站便锁定这里。

这个火炬广场，火苗一直在燃烧，相信是为了纪念肯尼迪，但字都掉了。边上这个雕像，面前用小石块压着几张鲜黄色卡片，写着"墨西哥、委内瑞拉"啥的。海滨（很远便见到极为显眼的"Bayside"标识）背后有许多餐馆和商场，是仅次于南海滩的人气旺地。

商场东西没什么特别，但也能打发好一
段时间。从天亮逛到天黑，好累……撤退！
身后那片灯火辉煌的便是餐馆酒吧区，虽不
及南海滩人声鼎沸，却也非常热闹。

附近这栋黄色建筑，底部是座博物馆，可惜5点就关门，来到已经赶不上。离开时又经过一次，
感觉亮灯后比白天更漂亮些。

码头的这个镂空设计地球仪，在射灯烘托之下也变得精彩和梦幻起来，像极了拥有神秘力
量的水晶球。走远后，回望海滨广场一带，感觉迈阿密夜景还不错。

167

为了找角度拍对岸景色，站上码头引桥的人行道与车道之间围栏。虽然完全没车经过，但妈妈一直担心得不行，不停叫我赶紧下来。过后才发现原来危险的可不止这个，早上跟我们在大沼泽同船的一家三口，刚刚就在这里被几个黑人抢了手机！

回到邮轮，见海关口停着一辆警车，正纳闷着，走近发现他们在跟警察说话。问后知道原委：被抢的是妈妈，11岁的小女孩吓哭了。爸爸正值壮年呢，这都敢抢，真猖狂！细想实在后怕，早一点或晚一点也许遇上的就是我们！丢手机事小，吓死事大呀。对迈阿密的印象又差了几分……

看到这里，相信大家已有预感我对此行的评价会是如何：艳阳嬉水不是我所求，摩登都市又无特色，自然景观徒有噱头……整个城市于我基本没亮点，治安还这么差，定义为"无趣"已是很客气——当然，若你喜欢阳光与海滩、喜欢喧闹与刺激、喜欢夜蒲与酒精，也许会挺享受。

"环球游"第十八站迈阿密，唏嘘中落幕。

4 月 22 日 / 牙买加·奥乔里奥斯 / 晴

"环球游"第十九站,来到牙买加。500 年前哥伦布发现美洲新大陆时到过此地,声称这是他见过的世上最平静的海岛。但海岛的平静却自此被夺走,再无宁日;西班牙人和英国人先后在此进行长达数百年的殖民统治。1962 年 8 月 6 日牙买加宣告独立,加盟英联邦。

中心城区

牙买加是加勒比海第三大岛,位于南美洲与北美洲之间,今日登陆的是牙买加北部的一个滨海小镇,奥乔里奥斯 (Ocho Rios)。

大约 2500 年前牙买加就有人类居住,这些土著史称阿拉瓦克人 (Arawak)。西班牙自 16 世纪初开始,从非洲向牙买加贩奴,黑人逐渐成为当地主体民族。时至今日,在奥乔里奥斯举目所见都是黑人。

169

此情此景，让我想起朋友的话："最近有个段子很火——世界那么大，我想去看看。你做到了。"的确，人生第一次踏足黑人同胞地盘，深切感受到世界之大。恍惚间好像终于来到构想中的非洲：建筑鲜艳夺目、人们的皮肤黝黑发亮、气候炙热难熬……

这里人文独特、异域情浓；这里天蓝海清、景色宜人；然而我的非客观评价则是——不宜人居。实在太晒太晒，在路上走了会儿，感觉瞬间变人干。黑人同胞真心不易，路边的花花草草也不容易，敢问它们烈日之下如何保持这般娇美？致敬！

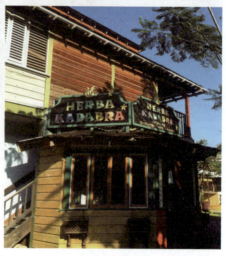

当地人貌似极爱自己的"牙买加色"——黄、绿、黑。酒店如是，餐厅、小店如是，街心海龟公园亦如是，可惜没见着海龟——这么热，换我是海龟我也躲水底！

太热了！实在逛不下去……撤，得找个清凉之地躲躲。

邓恩河瀑布

　　自然风光是岛上唯一卖点，当中又以邓恩河瀑布 (Dunn's River Falls) 为之最，这也是牙买加最著名的瀑布。说的"避暑胜地"就是这儿。

　　门票 $20/ 人，明摆着挣外国人钱，当地人才 $6——但当地人也不容易，队伍前刚好有一个，买票时被询问了很久"住哪？在这待了多久？"之类（生怕被人赚便宜）。入口处工作人员会帮每位游客戴上黄色手带，离开出口时有专人负责剪，剪完还必须丢进垃圾箱。我问："既然已剪烂，可否拿走留做纪念？"就是不给。每个出入口也都醒目的标注"不允许二次进入"，感觉他们在这方面特别计较。

　　园区挺大，走 10 分钟才来到一片丛林，邓恩河瀑布便藏身于此。这是一条不走寻常路的瀑布，并无"飞流直下三千尺"之雄壮。高仅55 米，却长达 180 米，河床呈阶梯状，一节一节往下"跌"，形成许多潟湖点，最终汇入加勒比海。

正因为此，邓恩河瀑布最大亮点并不是"好看"，而是让人"攀爬"。每个游客来此都忍不住跃跃欲试。看我环球游至今首次穿上运动装，下水决心可见一斑。山泉水倾注而下，将石床冲刷得光滑无比，攀爬还是具有一定难度系数，必须跟随当地向导，组成"小分队"手拉手一起往上走。出发前，每个导游都会为自己"团队"详细讲解注意事项，最后吆喝几声、喊口号给大家鼓劲，让每个人cheer up！感觉他们都是搞气氛小能手，游客们都被调动起来，特别兴奋。

这条台阶下去，便开始"水上冒险之旅"。开爬前，可以先在潟湖的小漩涡中跳跳水、游游泳、拍拍照。

看到身后左右两支小分队么？就是这样排成一列，手拉手相互搀扶着往上迈步。向导非常熟悉每块岩石，会告知哪块平整、安全，而哪块有苔藓、会打滑，必须跟着他走。

TIPS 小贴士

1. 一定要穿防滑鞋；

2. 若没有，可以在景点租，$5/双（但山下超市才卖，$3哟⋯⋯）。

水非常清凉，树荫之下也不晒，超舒服。向导给我指了几块安全的大岩石，我便乖乖只在这片徘徊。后来听说，有同伴自己玩耍时踩苔藓滑倒摔进水里，虽无大碍，脚却划了个小口子。大家如果自己玩，千万得当心。安全至上，莫顾念形象了，每个人都是手脚并用。待我摸爬滚打、翻到另一块大岩石，必须嘚瑟起来，"耶"一个！

如果不想走水道，旁边有阶梯，但去不到瀑布最上面。整个攀爬过程约 1 小时，不允许背包。平台有寄存服务，收费 $5/ 箱。

若时间充裕，不妨在休息区编几条辫子，$2/条。我挣扎了许久，怕费时，还是放弃了。见一白妞刚编完，邀她借脑袋来拍个照。下山发现，满大街都有黑人大妈招揽游客编辫子。

出口处有一圈小店，相中好些木头，但看看就算了，搬不回去呀。

包车司机介绍，邓恩河瀑布山脚还有一条"free（免费）"的小瀑布，反正回市中心经过，就去看看。车刚停好便有人过来"拦截"，说带我们进去，为我们介绍。我特别谨慎，把包搂得紧紧的（想起斯里兰卡的事儿了），带着爸爸跟他走了 2 分钟，去到发现实在无趣，拍了两张照片扭头就走。那人开口要小费，叫我给他 $5……吓懵我了，笑着装听不懂，拔腿就跑。

其实司机也非善类。车程 10 分钟不到，他收我们 3 个人 20 美元来回。初来宝地，完全不知景点距离，被坑了也没话说。但下车他还叫我给小费，让我多给 $5，这个没法装听不懂了，只能义正言辞地告诉他："不好意思，说好多少就是多少"。自此明白，今天与当地人的一切接触都得留心。

游客购物区

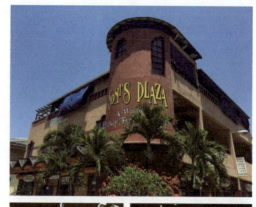

来之前查资料知道市中心有 Duty free shop(免税店),就叫司机直接停那。

大多数小玩意,都跟世上每个旅游点差不多。特别些的基本就能代表本地文化特色:最喜欢的是各色木雕,可惜想到叵怕的行李,唯有忍手。

牙买加最闻名于世的两种饮品:朗姆酒和蓝山咖啡,一个催人迷离,一个把人唤醒。

整个广场视察一圈,发现所谓 duty free,其实完全没有免税概念,就是正规些的大商店而已。里面一样漫天开价、落地还钱。马路对面的露天市集,是一众"小杂牌店"。

174

在这个市集逛其实挺瘆人。店铺非常狭小，入内极为闷热，随便摸件货品就报价，然后追着叫你买……走了几家便不敢再逛，怕万一遇上哪个特别彪悍的店主，不掏钱买下就走不出去——也许并没那么可怕，只是我对当地人先入为主带着戒备——但不可否认，他们大多数并不友善，面上冷若冰霜，让人蛮不舒服。借用同伴的话："这里民风不好……"

響午实在闷热，户外一分钟都待不下去，必须躲过这个时段。当地餐馆怕吃不惯，只能无趣地"打安全牌"去连锁店。坐了很久很久，满满一杯冷饮下肚才算缓过来。

印象中套餐挺便宜，还换了些牙买加币作纪念。

海滩

待3点过后，才慢慢走向沙滩。牙买加的海域倒是非常迷人，水质极佳，无论大海或小溪全都清澈见底，可见他们十分爱惜大自然的赏赐——若无每个当地人的齐心努力，无法保护得这么好。竖在沙滩上的这个吉祥物可是金刚鹦鹉？眼拙，看不出来……这么抢眼的配色着实讨喜，跟它拍了很多！

就以海滩撒欢结束本站游记。总的来说，我很高兴踏上过这片土地，但若问我是否愿意再来？嗯……如无要事，可免则免吧。

"环球游"第十九站牙买加，波澜不惊中淡然结束。

4月24日 / 巴拿马运河 / 晴

　　"环球游"第十九站牙买加与第二十站墨西哥之间，需要穿越大西洋、转入太平洋。这段"海漂"时间不短，足足六天，最大亮点自然是巴拿马运河——留待压轴介绍。等候的光阴依然美好，不少精彩定格值得分享，一同进入水上世界吧！

海漂·学海无涯

　　意大利语一直坚持着，越发见识到这门语言的博大精深：一条眉毛是阳性要用 il，两条眉毛变成阴性得用 le；一只手是阴性要用 la，两只手变成阳性也得用 la……有人经过听两分钟说听不下去了："再听会晕死在那儿。"老师介绍意大利人说话习惯伴随各种手势，还专门拿一堂课讲解示范，特别逗。那天感觉自己不是在上外语课，而是演艺培训班。

海漂·奥利匹克

　　这是举办"国球"大赛，冠军还有一座"金球奖杯"，像模像样的。

生命在于运动，懒骨头如我也不能落于人后；除了游泳，偶尔也会跑跑步

　　经过巴拿马运河那日，难得眼前不再只是浩瀚大海，每个人都舍不得松开眼，终日守在船头、窗边，饱览美景。平日里跑步可没这样的享受。

海漂·能工巧匠

一直想去参加手工艺术课，无奈游记任务繁重，总是挤不出时间。近日成功把爸妈"逼"去上了几堂，不但让他们上出瘾来，还发现原来二老手艺不错呀！先来显摆爸爸的杰作——陶瓷绘画，没有模板，自由发挥，不知他老人家哪来的灵感，想出画个《七大洲》来纪念我们的环球之旅。画得还真不错，老师猛夸！创意相框也是天马行空、任君发挥，爸爸画了梅兰菊竹《四君子》，拿回来一看让我很是意外，真漂亮。以上都只提供原料、随意发挥，墨西哥面具则是老师画好了，自己上色。爸爸妈妈各画了一个，猜猜哪个是谁画的？

海漂·卧虎藏龙

勤快的李先生几乎每天去拍日落，终于守到这张极美的《夕阳无限好》。引得船上一众"日出日落党"艳羡不已，平时没发现我爹原来如此才华横溢、十项全能。他还拍了不少飞鱼、海豚，最近把目标锁定鲨鱼……祝他好运吧。

现在明白我的环球之旅相片为何如此亮眼了吧？嘿嘿，我的摄影主管可是有功底的！爸爸年轻时就玩过摄影，虽然那还是胶卷年代

巴拿马运河

　　来到本次"海漂"甚至整个环球之旅最大的亮点——巴拿马运河，这条连接太平洋与大西洋的航运要道，被誉为世界七大工程奇迹之一。继苏伊士运河之后，此行一举拿下世上最大的两条人工运河，不可不谓之圆满。

　　巴拿马运河横穿巴拿马地峡，由美国建成，1914 年正式通航。现由中美洲国家巴拿马拥有和管理，属于水闸式运河。过去，船只必须绕道南美洲的合恩角（Cape Horn），运河开通后美国东西海岸间的航程缩短约 15,000 公里。人类的想象力与行动力何其伟大！

　　巴拿马运河的开凿史称得上一场迂回曲折的国际角逐战，非常精彩，有兴趣可查阅相关资料，在此不赘述。到达之前研究许久都无法弄懂"水闸式运河"的原理，身临其境感受全程后方才领悟。简而言之：大西洋与太平洋之间是丛山，利用天然湖泊人工开凿山体形成水道；由于水位不平，于是建造了多个船闸，巨轮进入后利用水涨水退来引渡前行。每个船闸都要经历注水和泄水的过程，等待时间非常漫长，走完整条运河有时需要一天。但大家的兴致极高，都在赞叹："走过苏伊士运河还能来巴拿马运河，太不容易了！"还是不太理解吧？来看我的全程实录：

早上起来奔出阳台，发现船只已经来到巴拿马运河入口，正等待指令。图中标注位置便是船闸的闸门

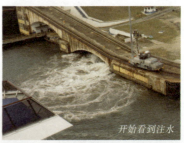

开始看到注水

闸门远看挺小，其实非常巨大，顶部还有人在走动。每扇重 745 吨，但平衡相当好

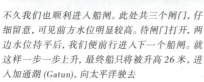

不久我们也顺利进入船闸。此处共三个闸门，仔细留意，可见前方水位明显较高。待闸门打开，两边水位持平后，我们便行进入下一个船闸。就这样一步一步上升，最终船只将被升高 26 米，进入加通湖 (Gatun)，向太平洋驶去

　　经过船闸控制室，看到飘扬的巴拿马国旗。知道么？这面国旗在运河区的竖立是多么来之不易：巴拿马运河由美国最终凿通后，运河区成为"国中之国"，升美国国旗，实行美国法律。1964 年 1 月 9 日，一名巴拿马学生为了维护国家主权和民族尊严，勇敢地携带国旗进入运河区，升起国旗，竟被美国驻军枪杀。这一暴行激起三万名巴拿马人闯入运河区抗议，美军进行血腥镇压，两天内死伤共 400 多人。

　　愤怒的巴拿马人随即袭击美国大使馆、焚烧美国新闻处，巴拿马政府与美国断绝外交关系，并宣布废除运河条约。1 月 12 日，十万人为英勇献身的爱国青年举行隆重葬礼，"打倒美帝国主义"的口号震撼大地。巴拿马人民的正义斗争得到全世界亿万人民特别是拉美和亚非各国人民的有力支持。为此，美国这才被迫同意与巴拿马谈判，签订了一项新的运河条约。

进入加通湖后，便来到"赏景"环节，有几个小岛还是野生动物保护区，挺漂亮。岛上植物非常茂盛，偶尔还见鲜艳的花儿。可就是这样的迷人小岛，当年开凿运河时却夺走了无数工人性命——热带雨林气候潮湿，参天密林中毒虫遍布，炎热天气还使疫病蔓延开来，酿成了可怕灾难，劳工最终死伤达3万人。如何想到美丽景色的背后竟有这样一笔血泪史……

这段运河岸边正在拓宽，水流浑浊，很多人都说像黄河

随后来到这外闸口，又是一段漫长的等待，全部通过后船只便会下降至大洋水平面高度，继而驶入太平洋。等待期间，几条巨轮上的乘客互相看热闹，各种拍照。

正如他们纷纷站上了船头、甲板、阳台，我们也是如此。巴拿马运河，这不是一处游人轻易到达之地，大家都分外珍惜。

有这样一句广告语："A man a plan a canal Panama"，发现特别之处了吗？从右到左念，也是一样的！随着全球经济快速发展，越来越多超大型船只投入运营，巴拿马运河现有的通航条件已无法适应发展需要。跨洋海运贸易的巨大潜力使得巴拿马的周边国家及世界众多经济强国，纷纷开始寻求修建巴拿马运河的替代工程，当中便包括中国。大家都踌躇满志："这两条都拿下了，将来新运河修好后，也得找机会走一圈！"

第二段长海漂到此结束。不知不觉环球行程已过半，若问我是否疲倦，旅行本是体力活儿，有时为了收获哪怕只是多一分的精彩，真是用"绳命"在游玩，身体很诚实地控诉着……但休息两天却能满血复活！所以依然斗志昂扬、热切期待！下一站，墨西哥。

4月29日 / 墨西哥·曼萨尼略 / 晴

　　"环球游"第二十站墨西哥，这本是一个充满故事与风情的国度，无奈我们停靠的港口实在无趣——曼萨尼略(Manzanillo)，贵为墨西哥货物运输的最大港口，以旅游观光论却是毫无亮点。时间也不多，无法辗转前往更热闹的地方。因此今天的行程，挖空心思也变不出什么花儿来。

到达时的欢迎仪式还是挺热闹喜庆，墨西哥姑娘、小伙儿们穿上传统民族服饰，载歌载舞与游客合照

　　曼萨尼略有两个海湾，除了此刻踏足的曼萨尼略湾，还有另外一个圣地亚哥湾（放眼望去一片黯淡，实在提不起劲驱车前往），就在这里走走吧。码头是最热闹的地方，岸边有一个巨大的螺旋桨，是真的很大！沿途还有各种雕塑，都是与海洋、轮船相关的主题。

蜥蜴园

曼萨尼略被称为"旗鱼的世界"，自1957年以来举办过众多国际钓鱼比赛。想包船出海看看，可惜问不到会说英语的人，完全无法沟通；也找不着旅游服务点，只好放弃。

蜥蜴园是整个曼萨尼略唯一有点意思的地方，一路找来相对不易。问不着路，只能自己四处张望。有位好心人见我寻寻觅觅，直接跳到面前，给我指路。他说当地话，我一个字都听不懂，但毫不犹豫便按他所指方向走去。妈妈问："你哪来的自信？"我幽幽地回答："都荒凉成这样，除了蜥蜴，还有什么值得指给我们看……"果不其然，走几分钟便看到游客聚在河边，对着隔岸一排大树猛拍。

园区里有过千只蜥蜴，都趴在树上，懒洋洋地占据每一条枝丫。爸爸拍得兴致盎然，根本停不下来……可我实在无法爱上这种生物，整理图片时，这部分我基本上是皱着眉头完成！散落在蜥蜴群四周的鸟儿就可爱多了。

河的尽头是面涂鸦墙，退到这里总算找到些安全感。上面画了两只大蜥蜴，虽说我不喜欢，但貌似很多地方都钟爱蜥蜴，除了这里，巴塞罗那也是其一。

照片全是爸爸出品，还换了长焦镜头，打算安营扎寨慢慢玩儿的架势。可我突然看到有蜥蜴在河边走，总感觉要扑过来……好可怕！实在待不下去了，赶紧把他搜走。离开蜥蜴群，我们绕到涂鸦墙背面，只见路边有处花丛很是养眼，粉嫩粉嫩的。

附近还有几片大涂鸦，好看！咱这些庸俗的游客，还是偏爱鲜艳夺目的事物。山腰上的彩色房子也很漂亮，话说这里也算背山面海，怎么经济就没发展起来呢?

转到再无可转，找家便利店买点喝的，顺便吹会儿空调，太热！曼萨尼略的店铺基本都收美元，但汇率可不一样，看心情似的：大多数商家都按 1:14（1 美元兑 14 元墨西哥比索），几家大型超市就按 1:14.7，而有家精品店坚持 1:13，至于这家便利店则最狠，只给 1:11。

美元他们只收纸币不收硬币，而且找零只给"比索"；也挺好，留起一些做纪念。

Zapata 市场

整个曼萨尼略很小，离开蜥蜴园往回走，靠近码头就是这个Zapata大市场。

纪念品、手工艺品琳琅满目，也有当地人都去的大超市、服装店、五金店……总之应有尽有。墨西哥最出名的自然是龙舌兰酒，很多店铺都摆上"一大瓶"在门口。悄悄抱了抱，不重，装饰用的木质品而已。

走进这条连廊，感觉像穿越回到意大利西西里的修道院 Monastero dei Benedettini。右边是个大广场，左边一排过去是各色店铺。

在希腊伊拉克利翁买的蓝色帽子太热，不戴又怕晒，给借口自己现买了顶。整个环球游基本没买什么，唯有帽子始终忍不住手，被船友戏称为"帽子女王"。

哈哈，变装！几个小学生手捧"九大行星"——应该是刚完成的手工劳作，见我们感兴趣，不停嘴地介绍，完全听不懂，但能感受到他们的快乐。笑容，是最实用的国际官方语言。

看到好几家非常大的布料店，同行的广州阿姨评价这是"80年代的中大布匹市场"，还有家店卖钓鱼用品，看着挺专业；可我们一心想包船出海却无门，当地旅游业的发展空间极大呀！

就这么闲逛着，也打发了不少时间。这些珠编的大蜥蜴挺精致，标价换算成美元大概是＄50。纯手工制品，自然不便宜。

婚纱店，很——很——很墨西哥，想不出形容词了

想试试这家烤鸡，可惜只有外卖不设堂食，买完也不知道拿去哪儿啃；加上妈妈厨神附身，断定"这些饲料鸡不好吃"，只好作罢……哎，那一刻内心翻江倒海，好想吃农家走地鸡啊！太怀念了！回家要马上吃！吃两只！一个人！

码头广场

港口码头有个大广场，竖着一块极为显眼的蓝色旗鱼雕塑，是曼萨尼略的地标，离很远便能见到。刚巧遇到一大群鸽子在盘旋。岸边还停靠着几艘军舰，挺帅气。广场四周还有好些喷水池和一个白色大亭子，就这些了，实在乏善可陈。

这条大鱼应该是本地史上数一数二的吧？看不懂当地文字，没法考究

此地还不爱挂国旗，找了许久才在码头海关处找到一面。可惜实在闷热，没有一丝风，旗帜飘不起来。等好一会儿，始终低垂着，太不给面子了……最后回船头守了半天，总算拍到一面轻舞飞扬的墨西哥国旗。

"环球游"第二十站曼萨尼略结束。路上碰到每个小伙伴都不禁相互问："究竟有啥可玩？"却苦无答案。话虽如此，内心深知今日所见绝不能代表闻名世界的玛雅文化，期待有一天能好好游历墨西哥，领略古老的印度安风情。

5月3~4日 / 美国·洛杉矶（上）/ 晴

"环球游"第二十一站，再次登临美国，来到天使之城洛杉矶。加利福尼亚的阳光和沙滩让人着迷，洛杉矶更是全球电影的梦工厂，这里是感受美式风情的最佳地点。此站停留两天：第一天先去长滩，然后进洛杉矶在好莱坞走一圈；第二天，在环球影城尽情感受光影殿堂的魅力。

长滩

长滩是全美最大港口，高速上远远便能见到岸边停泊着许多私人游艇，市中心购物区人气也很旺盛。这个美利坚知名旅游胜地，给我的第一印象是舒服。

长滩确实很长，可惜景色一般；可能因为很多小狗的关系，沙不干净。来这的人应该不是为了赏海景吧，就是晒晒太阳、吹吹海风、带爱犬遛遛或享受家庭乐。这里无疑是狗狗的天堂，很多主人在陪它们撒欢，各种玩儿。

倒是沙滩外围的房子有看头得多，建筑结构、庭院设计、装饰特色都各有千秋，较劲儿似的一栋比一栋别致，细节处处体现主人们的用心。

太喜欢这辆车了，开在路上别提多拉风！这是一个很"快乐"的小城，干净、休闲、安逸，虽无惊喜却很舒服。如果要评旅游胜地，我不会选它；但作为附近的人们，周末过来度个小假放松一下，应该很不错。玩了大半天，时间还很宽裕，决定进洛杉矶去好莱坞走一圈。

星光大道

好莱坞位于洛杉矶西北部，是一整片区域，因发达的影视娱乐业而闻名。面朝大海、邻近沙漠的好莱坞地带，气候宜人，是非常理想的电影拍摄地，吸引了哥伦比亚、派拉蒙、环球等公司在此大展拳脚。这里不仅是美国电影的摇篮，更已跃升为美国电影的代名词。

在洛杉矶得记住地铁"红线"，除了把好莱坞一带玩个遍，还可直达环球影城。地铁一日票才 $7，挺方便。我们在 Hollywood Vine 这站下，站台非常有电影 feel，从滚梯开始直到一楼，吊顶满满地嵌着胶卷盘儿，无处不在提醒游客：您已进入现代电影的殿堂。

入站口陈列着两台旧式摄像机，应该是有名堂的吧？没细看

　　一出地铁站，便能见到地面的星星，无限延伸至远方的中国剧院等最繁华地带。大概此地远离"星光核心区"，基本上是不认识的名字。沿途有无数手信店，各种好莱坞主题的纪念品，只有想不到，没有见不到。

　　我的目标极为明确：华人就两颗星，李小龙和成龙，必须找到他们！虽然最终使命达成，但如果不问人，还真不好找……整条星光大道有两千多颗星，遍布数条交错的道路，要确保每颗星都扫到，得花上一天吧？华人之光双龙巨"星"的位置这里不剧透了，寻宝过程是极大的乐趣，大家自己享受吧。

　　一路上的街头艺人各怀奇能异术，歌舞、卡通、明星造型都是常规，还有舞大蟒蛇的！我最喜欢这个捏泥像，可惜没时间慢慢等，不然真想坐那儿来上一尊。

滚石餐厅

    特别带感的滚石餐厅，由两位旅居伦敦的美国青年于1971年在英国创立，现在已是全球连锁，在五十几个国家设有一百多家分店，包括北京和上海。滚石是一种文化，餐厅里满满的美式元素，有各种摇滚明星的服装、吉他、手稿、白金唱片原件。

好莱坞蜡像馆

这个蜡像馆也是杜莎夫人系列。在香港已看过，想必蜡像都差不多，只是明星不同。不是谁的铁粉，就不"集邮"了。整条好莱坞大道走三步便是一景，根本看不过来。前台大堂还挺精彩，有纪念品，有艺人，有蜡像，还有大金刚！

再往前走几步是杜比剧院（原名柯达剧院），每年的奥斯卡金像奖颁奖典礼便在此举办。盛典当日，这里必是全球星光最为耀眼之地。

附近的旅游咨询点，可以搭乘观光车前往比弗利山庄（Beverly Hills）进行一场"明星豪宅探秘之旅"。那是洛杉矶最有名的城中城，有着"全世界最尊贵住宅区"的称号。好莱坞明星、NBA球星、世界著名艺术家等纷纷在那置办豪宅，是好莱坞"狗仔队"的兵家必争之地。

明星豪宅守卫森严，自然不可能进去，不过是巴士兜一圈在门外看个热闹。导游会沿途介绍哪家是哪个明星的，再顺便说点小八卦……爱追星的朋友不妨去转转。

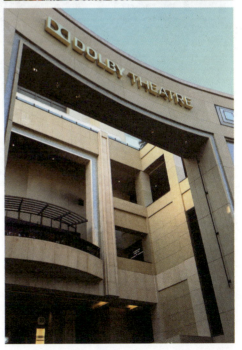

中国剧院

星光大道上最耀眼的景点当属举世闻名的中国剧院，这并不是中国人所开，只是借了一个极具东方色彩的名字。1927年，被尊称为"好莱坞先生"的剧场之王格劳曼 (Grauman) 修建了这座古怪的建筑，卓别林等许多艺术大师都曾在此演出。这里至今仍是好莱坞的标志性建筑，一年四季游客不断，也是世上被拍照次数最多的旅游胜地。无数美国大片的首映礼在此举办。

2013年1月11日中国剧院更名为"TCL中国大剧院" (TCL Chinese Theatre)。中国企业的冠名实在长脸，也使"中国剧院"听起来更名副其实了些。

中国剧院四周人头涌动，无数"明星"邀你合照，梦露、蜘蛛侠、变形金刚、加勒比海盗……应有尽有。当然，资本主义没有免费午餐，小费是少不了的。

剧院前庭的水泥地面，布满了从玛丽莲·梦露到史泰龙等238位不同时期不同风格的著名影星的手脚印，国人最为熟悉的自然是位居正中、极其显眼的华人导演吴宇森。

日落大道

　　日落大道 (Sunset Boulevard) 是与好莱坞大道平行的一条主干道，遍布餐馆、咖啡厅和时装店，同样是一条非常繁华的街道。一路走过去，"好莱坞"主题依然亮眼。

　　这家披上粉色霓虹外衣的是一座博物馆，附近有不少以好莱坞为主题的各色博物馆，时间充裕不妨逐家观赏。

　　从洒满加州阳光的长滩玩到星光熠熠的好莱坞，一天下来已累坏，明天还得去环球影城"大战"一场，得赶紧回去养精蓄锐。洛杉矶（上篇）到此结束。

5月3~4日 / 美国·洛杉矶（下） / 晴

环球影城

　　洛杉矶之行的第二日必须献给环球影城。这里是大使之城，这里是美国电影摇篮，这里是世界创意之都，这里是光影艺术的殿堂……一切光环化为三个字：好莱坞。环球影城 (Universal Studios) 则是能触碰到的好莱坞，这里是全球最火爆、最炫目的影城，游客到 LA 必来之地。很多人甚至直言：不来环球影城，就不算到过洛杉矶。

　　门票 $95/ 人，优先票 $159/ 人，这 64 美元的价值是"不用排队"——资本主义就是这么简单直白地推崇金钱至上，毫不掩饰。挣扎了很久要不要买优先票，因为攻略介绍：最受欢迎的几个项目都是大排长龙，想一天玩遍整个园区是不可能的，只有不用排队才能全部拿下——等于花钱买时间。但最后问了几位经验人士，都说今天周一，人不会太多，而且并不是所有项目都值得玩……好吧那就普通票，能玩多少是多少。

TIPS 小贴士

购票

1. 网上预购票，节省现场排队时间；

2. 网上有不同折扣，建议多比较几家；

3. 电子票打印出来后，直接去到检票口扫描二维码便可进入。

交通

1. 搭乘地铁红线至 "Universal City"，地铁口出来过马路对面车站，有园区巴士接送游客；

2. 如租车自驾，停车场有多个，在网上购买门票时可以顺便把停车票一起买了。

检票口的工作人员会派发两份重要资料：影城地图和表演秀时刻表，必须第一时间拿在手上，制定好今天的作战计划！

如果想看中文版，可以进入园区后到游客服务中心领取。

环球影城分上下园区，一进大门就是上园区。所有真人秀表演均集中在此，其中影城之旅、水世界和特效舞台是最受欢迎的，我们全部看了哟！

影城之旅

首要任务便是影城之旅 (Studio Tour)，原因有二：1. 特别精彩；2. 特别费时。坐小火车绕园区一圈，导游随车现场解说，走走停停全程 50 分钟，连排队至少 1 小时，必须先拿下。

虽是 20 分钟一班，但中文解说全天只有三列，时间分别是 10：30、12：00、14：00。为了爸妈，我很想赶上中文列车，可惜去到入口，工作人员表示"12 点那趟已满员，只能坐英文"。考虑过等下一场 2 点再来，可又得全部项目重新安排，还好爸妈都说"听不听无所谓，看才重要"，便直接排队随意上车。

温馨提示：如果想听中文解说，建议提前至少 20 分钟前往排队。

出发！眼镜是 4D 环节用的，上车前会有工作人员派发

▲ 先是比较无趣的各大制片场介绍　　　　▲ 小熊手上牌子预告，6月26日有新项目迎客

　　然后便是各种目不暇接、非常精彩的画面！最抓眼球的4D金刚大战恐龙、地震火灾、洪水暴发……通通只顾着看。空难现场、大白鲨、杀人狂魔、冰雪世界、绝望主妇片场等拍了几张。

　　空难现场可不是普通道具，而是真的波音飞机，退出航空舞台后还能登上影视舞台，也算物尽其用。

水世界

　　完成影城之旅，正好赶上水世界真人秀，完美！绿色座椅区域是"湿身"体验区，演出中途会被飞艇的水花溅到、或被玩high了的演员拿水桶直接泼……请慎重选座！

　　有跳水、有爆破、有特技、有武打……算是诚意之作了！现场感极佳，绝对是同类表演中的"好莱坞大片"。结束后，演员会在出口与游客合照。

辛普森 4D 过山车

辛普森是影城最显眼的地标，也是最火爆项目之一。从大嘴巴进去后开始排队，半小时不到就玩上了。还是值得排的，非常刺激，爸妈都玩得超开心。

不要被队伍尽头的无聊影片迷惑，那只是为了分流，让游客等待时间没那么无聊而已。刚开始不知道，以为排那么久进来就是看这些弱智动画片，郁闷得想揍人……其实排完长龙进到大堂后，还得分别进入不同数字的小房间，再看一段影片然后推门进入一个有环幕的"过山车"场馆，才算正式开始。

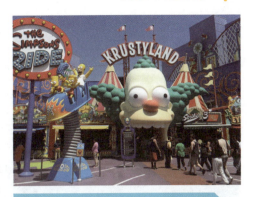

小黄人

小黄人（也叫神偷奶爸）剧情完全没关注，但其鼎鼎大名自然不陌生，与变形金刚和辛普森并列环球影城 Must Play No.1。

看着长长的队列，顿时感觉自己等待的是一件特别棒的东西。同样是虚拟过山车，却是不同的震撼和惊险。屏幕极其大，特效很刺激，喊得我喉咙都破了！只顾着喊，玩的时候完全没拍照（其实 3D 屏幕也拍不出效果）。

下园区

变形金刚、木乃伊、侏罗纪公园等都在下园区，连接上下园区的是几条长滚梯。影城设计蛮人性化，基本不用暴走，就是排队无聊些。两个园区之间的平台视野极好，整个洛杉矶一览无遗。

变形金刚

《变形金刚》的剧情简单粗暴：就是"游客遇到坏蛋，大黄蜂来拯救"。其实情节完全不重要，这个环球影城的最新项目特技一流、画面炫目、极为动感，是当下的"主打星"。赞！必玩！

▲ 排队自然也得"打蛇饼"，等候区装饰很太空 *feel*

◀ 场馆外有巨大的变形金刚供游客拍照，但也得排队……放弃

欢乐天地

园区之所以欢乐，是因为空气中都洋溢着激情与喜悦，每个人都那样快乐。自拍神器里有无数路人乱入摆 pose 的"合照"，拍完走到你面前"哈哈哈"的卖弄，这样的氛围很难不快乐。

这片欢乐天地 (Fun Land) 很适合家庭乐，专供较小的 Baby。很多当地人买年票，假期有空便过来环球影城转转。若行程允许，尽量避开周末比较明智。

特技表演

特技表演和动物表演两个场馆紧挨着，时间也刚好接得上，按照计划一举拿下。本以为天衣无缝，看完才发现经验人士说的"没必要全部都玩"是真理！特技表演还是不错，展示了不少"障眼法"，还会邀请现场观众上去互动，有点意思。

动物表演

但这个动物表演……能给差评么？实在没劲，还特别长，明明时刻表上写着 15 分钟，足足半小时都不结束，坐在中间又不好意思起身离场，着急得不行。这是今天最大失误，如果不是耽搁了大半小时，应该能把侏罗纪或木乃伊拿下。对于但凡看过杂技表演的中国观众来说，这些小儿科实在属于"Don't Waste Your Time"（请勿浪费时间）级别。

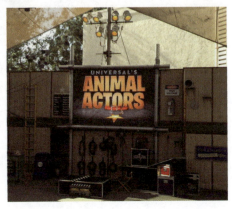

纪念品店

整个园区分布着众多手信店，各种想到想不到的纪念品，务求游客钱包大出血。

买到闭园，非常尽兴，夕阳之下再与"大环球"各种合影。这真的是一个收获欢乐与惊喜的地方，适合各个年龄层。如果日后有朋友来洛杉矶，问我环球影城是否值得来？我会毫不犹豫的叫TA赶紧买票，无须迟疑！

第二十一站洛杉矶，在愉悦、欢乐、兴奋与心满意足之中完美落幕。

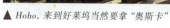

▲ *Hoho，来到好莱坞当然要拿"奥斯卡"*　　▲ *这些海绵宝宝杯子很实用*

5月6日 / 美国·旧金山 / 晴

　　"环球游"第二十二站，来到位于美国西海岸的旧金山（也称三藩市），这座被誉为"全美最漂亮城市"的山城，拥有 40 多个丘陵，舒适宜人的气候环境和得天独厚的地理位置，让它成为游客的宠儿。除了自然风光，城市骨子里透出的包容力更是令人心醉。这是我在美利坚最喜爱之地。

渔人码头

　　旧金山之旅，从举世闻名的渔人码头 (Fisherman's Wharf) 开启。这个以渔港文化为核心的旅游景点是城市地标之一，聚集着无数餐馆、酒吧、咖啡厅、海鲜市场、购物中心……是极具特色的休闲文化场所，也是旧金山最充满欢乐气息的地方。

　　抵达当日气温 11℃~14℃，阳光灿烂却不灼人，凉风习习却不冷冽，乍暖还寒一切刚好。"清爽"是肌肤最直观的感受，第一印象极佳。

　　不止渔人码头，旧金山各处都有自行车出租。此地景色秀丽、气候宜人，户外运动确实再适合不过。

响当当的 39 号码头，还有那只大螃蟹，游客自然要合照

　　海中央的"恶魔岛"是前联邦监狱，1933~1963年间曾关押过美国最恶贯满盈的罪犯，后由于管理费用过高而停用。好莱坞大片《勇闯恶魔岛》让它名扬四海，如今参观恶魔岛是炙手可热的旅游项目。可惜时间有限，还是留在市区逛逛吧。

　　码头一带很多漂亮建筑，"干净"和"舒适"始终是游走旧金山街头最显著的关键词。附近的艺术品店和食品店都挺有意思，若时间充裕值得细看。

　　在此顺道解决交通问题。可以考虑购买日票，$17/人，除地铁之外所有交通工具均可换乘（包括缆车）。也可逐次购买MUNI(旧金山公交系统)车票，$2.5/2小时内有效。

艺术宫

坐落于金门大桥南岸的艺术宫 (Palace of Fine Arts)，是一片希腊古典风格的百年历史建筑。1915 年，享誉天下的"旧金山巴拿马万国博览会"在此举办，命名是为了纪念 1914 年由美国最终凿通的巴拿马运河——看到以上资料，刚走过巴拿马运河的环球旅行家表示甚感亲切，嘻嘻。

艺术宫建筑群非常庞大，既恢宏亦精致。侧翼的罗马柱让人想起雅典的那些神殿，优美迷人。湖对岸的草坪和座椅是欣赏艺术宫的最佳位置，吸引了一批又一批游客在此流连，我们也停留了许久。午间气温上升，暖洋洋的，厚外套可以暂时褪下了。

见到动物，我与爸爸迅速上演指定动作：他换镜头拍照，我拿吃的喂食。此时妈妈便会补位，随手给我拍几张……是不是训练有素、默契十足？哈哈！

无论鸡鸭鹅鹅还是其他飞禽走兽，全都不怕人，这才是真的和谐……艺术宫外围的房子也很可爱，花花草草十分迷人，玩到不舍得走。

不远处，就是金门大桥

　　吹吹海风、晒晒太阳，说不出的放松安逸。之前很多站点，为了多去几处，打仗似的匆忙，来到旧金山却不由得把脚步慢下来，享受休闲之旅。

　　休息差不多了，便启程前往金门大桥。艺术宫位于30号巴士总站，刚才下车时忘记问司机回程车站位置，一顿好找。站牌就这么低调地画在马路和电灯柱上，太"任性"了……

金门大桥

　　金门大桥 (Golden Gate Bridge)，如雷贯耳。这座横跨金门海峡、连接太平洋与旧金山湾的悬吊桥，是不可替代的旧金山城市标志。

　　大桥全长 2.7 千米有余，既可通车、亦可步行游览。无论朗日晴天还是大雾朦胧，远观壮丽，近赏宏伟，金门大桥总能带来不一样的感受。尤其雾中观桥，若隐若现，别有一股神秘气息，是闻名遐迩的一景。

　　这段用作展示的钢缆位于大桥南侧，直径达 93 厘米。亮眼的"国际橘色"(International Orange) 使得大桥即使在浓雾中依然醒目。为了防止桥梁生锈，周而复始地刷漆是金门大桥重要的养护工作。

　　观景平台有座铁链桥模型，经过的孩子都得摇晃一轮，兴奋不已。几处观景台之间有段石阶，两旁种植着艳丽多彩的鲜花，看着便觉得春意盎然。

大桥设计者伫立在自己的杰作身旁，是怎样的荣耀与骄傲

　　还有一排软木铺制的围栏，供游人留下大名。挺有意思，就是不知多久换一次，下次再来还能重温今天的心情么？金门大桥，就此别过。与你相逢在风和日丽，不知何时再有机会欣赏你的浓雾迷离。

市政厅

　　旧金山市政厅(City Hall)占地约5万平方米，是典型的学院派建筑，也是19世纪末旧金山城市美化运动代表之一。

　　周一至周五早8点到晚8点，市政厅免费开放参观。宏伟对称的造型、古典华丽的细节装饰，都是学院派建筑的典型特征。

　　阳光如此美好，笑容自然分外灿烂。继续前往下一个目的地，距离市政厅约10分钟车程的阿拉莫广场。

阿拉莫广场

很多人来此，都是为了一睹"彩妆仕女"。说的不是哪位名媛贵妇，而是眼前这些披上鲜艳外衣的维多利亚式建筑。这六座"彩虹小楼"位于阿拉莫广场 (Alamo Square)，是 1906 年旧金山大地震中幸存下来最著名的几位彩妆仕女，非常珍贵。彩虹仕女已成为美国建筑界的专业术语，这六座"Painted Ladies"精巧美观，着实让人眼界大开。

看见这个大桃心，便知联合广场近在咫尺

联合广场

联合广场 (Union Square) 是旧金山的购物中心和金融中心，云集各大知名百货、奢侈酒店和商业广场，是当之无愧的 CBD（中央商务区）。1860 年美国南北战争期间，这里是联邦军 (Union Army) 的支持者集会地，因而得名。

九曲花街

网上查资料得知九曲花街，便很想看一看。这条位于俄罗斯山 (Russian Hill)、堪称世上最曲折的街道，短短一小段却有四个 Z 字形急转弯，此为"九曲"；两旁居民纷纷在自家门前栽种各色花卉，艳丽夺目，此为"花街"。景点美名可谓一目了然，可惜我们没见着百花齐放的画面。

一路找来真心不易，一条接一条的陡峭斜坡，差点没把我们累死，还好沿途饱览山城夕阳美景，也算赏心乐事。

在网上搜了张美图

唐人街

最后一站必须是压轴好戏——历史悠久、规模盛大的唐人街，这里是美国最大的华人社区，名副其实的 China Town 城中城。旧金山是典型的美国移民城市，包容和谐的多元文化是其最大魅力。华人是移民大族，唐人街自然不可错过。入口处的这座大牌坊，牌匾上是孙中山先生访美时手书的"天下为公"四字。

漫步在此，两旁醒目的汉字招牌、满街商铺的中式物品、头顶连串的大红灯笼、来来往往的黄色皮肤、不绝于耳的各地华语……都让人感觉瞬间穿越回家。

旧金山唐人街约有 10 万华人居住，保留了传统的华人文化和生活方式，从日常杂货到珍贵珠宝一应俱全。传统中式风格的建筑，加上说粤语占绝大多数，走在这里感到特别亲切。

汉字毛笔、英文名字、中式译音，这是我在洛杉矶唐人街见到最能代表中西融合的物件

瞧这道路倾斜度，绝了。旧金山的缆车（昵称"叮叮"）是世上仅存的依靠人工驾驶的缆车系统，这种古老而迷人的交通方式是山城一景，让人仿佛回到往日旧时光。

唐人街上的这家川菜馆，号称"奥巴马也来过"（应该只是经过门口握个手吧），让我吃上了旅途至今最感动的一顿晚餐。为了迁就老外口感，虽不算十分地道正宗，却也是美味异常，最重要的是吃出了当年墨尔本中餐馆一样的味道，留学那些年的思乡情怀扑鼻而来。

舌尖一样的味道，心中却是不同光景：彼时在异国他乡，吃着具有异域风情的中餐，思念家人；今日坐在面前的却是跟着我环游世界、当年思念至极的父母。这种感受，只可意会、难以言传……似一枚上佳的山楂，入口微酸，实则极甜。

想起查资料读过这段话：19世纪中叶旧金山在淘金中迅速发展，华侨称为"金山"，后为区别于澳大利亚的墨尔本，改称"旧金山"。原来如此——墨尔本是除了生我养我的广州之外，我居住最久的地方，心中爱极了那个城市——所有故事串联起来，仿佛明白了自己对旧金山的好感大概并不寻常。

"环球游"第二十二站，在唐人街的情怀晚餐中结束。也许因为缘分，也许因为宜人的环境风光，也许因为合口的麻辣川菜，也许因为亲切的华人同胞，也许只是因为想家了……总之我对这里是说不出的喜爱。

旧金山，愿有缘再见。

⚓ STOP 23 · BIG ISLAND 🚢

5月11日 / 夏威夷·大岛 / 暴雨间晴

　　"环球游"第二十三站，来到夏威夷大岛 (Big Island)。马克·吐温曾说："夏威夷是大洋中最美丽的岛屿，是停泊在海洋中最可爱的岛屿舰队。"的确，夏威夷是一个令人向往的度假胜地，拥有得天独厚的自然环境，蓝天椰林、银色沙滩、热辣草裙舞……吸引着无数热爱阳光海滩的旅行者。然而来到大岛，却无暇欣赏其美丽，因为这里拥有世界上最活跃的火山。

火山公园

　　夏威夷群岛中，大岛是最年轻也是最大的一个岛，面积是所有其他夏威夷群岛总面积的两倍，而且不断爆发的活火山仍在持续为大岛增添新土地。难得亲眼目睹活火山，此行重点不言而喻。世界各地游客来到大岛，都会前往夏威夷火山公园 (Hawaii Volcanoes National Park)，期待看到火山炙热熔岩注入大海的惊心动魄景象。

　　大岛地势特殊，山脉雄伟，海滩宁静，游客可以在同一天上山滑雪、下海冲浪。我们到达时连着数轮暴雨，忧心当天会一无所获。所幸下过几阵后，开始偶尔放晴。虽整日阵雨不断，但开到火山公园观景平台时，却正好见到一股浓烈黄烟冒出，火山在喷发呢！实在太幸运，赶上晴天不说，还见到了火红的岩浆。

想到此刻站立之地，火山岩浆正在地层深处奔流不息地暗涌，随时可能喷薄而出，对大自然不禁倍感敬畏与爱慕，地球多么奇妙！

凝神细看，火山口左边竟然还有一道隐约的彩虹！彩虹不稀奇，关键这是一条完完整整的圆形彩虹！生活在都市钢铁森林的人们，何曾见过如此美景？夏威夷人们相信，彩虹是幸运的象征，此等饱满的幸运着实令人欣喜若狂。一刻钟不到，雨又下起来。旁边是座火山博物馆，正好躲雨慢慢看。

火山公园有多处景点，除了两个观景平台，最为显眼的便是这条 Nahuku 熔岩隧道。纯天然，除必要的扶手和照明设施，全无人为装饰。听到身旁有中国游客说："跟桂林的溶洞比，差远了。"的确，就景观而言是远比不上，但感觉更贴近大自然些。

炽热的岩浆曾流淌经过这里，山体冷却凝固后形成巨大的空洞，熔岩隧道由此而来。隧道两端尽头是葱郁繁茂的热带雨林。

火山被造物主赋予"毁灭"的属性，却没有预想中的荒芜与寂寥，反而植被茂密、生机盎然，只是空气中弥漫着浓烈的硫磺气息，营造出一种莫名的萧瑟感。遍布火山公园的圣诞花，却冲淡了肃穆的氛围，甚是讨喜。

到达夏威夷前，同行小伙伴分享了一个古老的传说：火山女神佩蕾为了和妹妹抢夺爱人而大发雷霆，由此引起火山爆发。因而夏威夷的火山石充满愤戾之气，游客千万别因好奇而捡拾收藏。据说这些被女神诅咒过的石块，带回家会带来厄运……嗯，不管你信还是不信，反正我没拿，横竖在圣托里尼已经捡够啦！

兰花园

　　火山脚下有一座兰花园，有数不过来的花种，赏心悦目。遇见心仪的自然可以买下，但这种纪念品对我们来说太过奢侈——根本不可能漂洋过海带回家。

　　很多手信店有夏威夷花环链出售，基本都是 Made in China（中国制造）。这条试戴的头箍已算上品，见到一款极为艳俗、劣质的长链竟然卖 18 美元，我们都啧啧称奇，在中国 18 元人民币也未必买，走了半个地球在此便身价百倍。

　　当然，旅途中建议还是别太纠结"Made in China"，因为根本避不开。只要喜欢，质量和款式过得去便是，如果实在介意，可能啥都买不成。

彩虹瀑布

大岛景点中，与火山齐名的是彩虹瀑布 (Rainbow Falls)，高达 24 米，雨后时常出现美丽彩虹，因而得名。我们没见着彩虹，但很 "阿 Q" 地坚信火山上的圆形彩虹更难得。

瀑布水很黄，
感觉挺浑浊

日式公园

夏威夷最早的居民是波利尼西亚人，1778 年欧洲航海家库克船长首次发现夏威夷群岛，随后欧亚移民陆续进入。1795 年夏威夷王国建立，1900 年归属美国，1959 年成为美国的第五十个州。如今居民以欧美白人和日本人居多，其次是混血人种、菲律宾人和华人。因此，日本元素在夏威夷随处可见。

这是一座以夏威夷末代君主——利里奥卡拉尼女王 (Liliuokalani) 名字命名的日式花园，位于希洛榕树街，是为纪念曾在大岛甘蔗园劳作的夏威夷第一批日裔移民而建。风景如画，内设鱼池、红色拱桥、岩石花园、宝塔和茶室等，日式风味浓郁。

我们还见到一家日式糖果店，布置很精巧，出品也挺亮眼，应该蛮出名，不少旅行团过来——但我们到此一游便赶紧撤了，还有几站便到日本，实在犯不着从这儿一路打过去。

黑沙滩

普纳鲁吾黑沙滩 (Punalu'uBlack Sand Beach)，位于火山公园与 Naalehu 小镇之间。沙滩边上有大量椰树，晴朗时很多一心求黑的欧美白人在此晒太阳，因为黑沙能更好地吸收阳光，"催黑功力"大大高于普通白沙。

此行已见识过黑沙滩的独特魅力，并不感到惊艳，来这里主要为了探寻可爱的大海龟！右图那几只与背景黑成一片的小家伙，看到了么？

运气真不错，好几只大海龟一动不动趴在岩石上。它们慵懒地观望着，心里一定在想："你们这些大惊小怪、愚蠢的世人……"哈哈！海龟真的很大，我凑近细看，感觉双手抱不过来。

"环球游"第二十三站夏威夷大岛，血红的岩浆＋完美的彩虹已是无懈可击，其余一切不过是锦上添花。此生第一次亲眼目睹活火山，而且与它那样靠近，按捺不住地有点小激动。一圈下来，都到最后几站了，再没有比填补人生空白更美好。

下一站继续夏威夷，茂宜岛。

5月12日 / 夏威夷·茂宜岛 / 晴

　　"环球游"第二十四站来到茂宜岛 (Maui Island)，这是夏威夷群岛第二大岛，美国人评为"世上最美岛屿"，也是他们最爱的度假胜地。便顺理成章成为《环球欣游记》特辑第三个拍摄点。

　　冬季的茂宜岛，是世上最佳观鲸地。但据说观鲸也需"拼人品"，并不是百发百中，现在都5月了，自然不去凑热闹，放弃。茂宜岛还有一条极为惊艳的著名公路——哈纳 (Hana) 公路，位于崎岖不平的东海岸，被认为是夏威夷最后一块未遭破坏的边疆。车程2~4小时，沿途穿越茂盛的雨林、飞流的瀑布、倾伏的池潭和壮观的海景。非常想去一看，可惜时间太紧，还有拍摄任务，也只得忍痛放弃。

　　各种权衡之下，把拍摄点定为西部的拉海纳小镇。距离码头附近的皇后广场约45分钟车程，沿途风光也不错，一路云山袅绕，世外桃源应该不过如此。

拉海纳小镇

拉海纳 (Lahaina) 位于茂宜岛西北方，是昔日的捕鲸基地，被列入美国"国家历史名胜古迹"，如今成为茂宜岛的历史与商业中心。镇上保留着许多古旧风格的矮小木造建筑，在此漫步可谓人生一大享受。

只要来到拉海纳，一定无法错过古镇中心的露天公园，里面的大榕树真心大！整个公园看得见的枝干，都是它的"爪牙"，这是我见过最枝繁叶茂、盘根错节、占地面广的榕树。

拍摄时，面上挂着悠然恬静的微笑，内心却想着《倩女幽魂》里的千年树妖"姥姥"，想它那枝干幻化成的长舌头，能把千里之外的痴心人席卷吞噬，想象夜黑风高，若树妖现形于此，会是何景象？想完自己都觉得实在无聊！

坐树干上其实难度系数极高，身体摇晃不已，得运内力才能 hold 住，小朋友请勿模仿（影视工作者真心不易啊……）

码头商场

商场就在榕树公园对面，餐馆、咖啡厅、手信店一应俱全，卖的东西还挺有意思，可惜很多店铺不让拍照，而且态度蛮横。预想中的夏威夷人们热情如火、好客随和、笑容满面，事实上却并不见得，在夏威夷三天、辗转三岛，总体来说，对当地民众的观感非常一般。

码头一带停靠着无数帆船，还有大大小小客轮可供出海观鲸、垂钓。正巧碰上有人收获一条大鱼

217

悠闲午餐

在茂宜岛必定不能错过当地美食，因为夏威夷烹饪最早便源自茂宜，曾赢得多次世界烹饪大赛，吃货们有口福了！这家餐厅地理位置极为优越，就在榕树公园旁，面朝大海、景观一流。而且建筑本身还是文物，曾是一家旅馆（西翼）和剧场（东翼）。

功课没做，看人多便进去了，菜单上都是极为无趣的美国餐饮，本来还略感失望，没想到味道居然不错。特别喜欢伴碟的薯格，外皮酥脆、内馅糯软，口感一流！对煎炸食物一向定力极佳的"怕上火星人"，竟然吃到停不下来。

吹着海风、看看街景，与可爱的摄像小伙伴边吃边聊，如此工作日甚是惬意。然而躲过最毒辣的正午艳阳，便得继续开机。餐厅附近是家小型博物馆，顾着拍片没想起照相，只有手机里寥寥数张。特别喜欢这封保存完好的船员信件，感觉很怀旧，仿佛能把人带进遥远的航海岁月。

滨海长廊

　　来到夏威夷，岂可错过海滩。前往沙滩路上经过一家以《阿甘正传》为主题的餐馆，门口摆着张长椅，上面放有阿甘的旅行箱和巧克力，还有一对巨大的阿甘跑鞋。

　　相信你一定听过这段巧克力"鸡汤"：Life is like a box of chocolates, you never know what you're gonna get.（生活就像一盒巧克力，你永远不知道下一个你会拿到什么。）

　　人生无常，难免经历高低起伏。无论悲伤还是喜悦，你无法预测，但必须勇敢面对。知易行难，道理都懂却未必能悉数做到。然而好心态总得有，像阿甘一样勇往直前，应该也会像阿甘一样幸运和快乐吧？

附近还见到这座"和兴会馆"，由早期中国移民建造，馆内展示了华人的生活方式与历史文物。可惜时间所限，未从容细看。

沿路还有各种画廊和设计师店，真恨时间跑得太快，根本看不过来！日后若有机会再来这个小镇，至少得住上两晚，一处一处慢慢逛，才对得起它的历史底蕴。

海滩

坦白说，这片沙滩并不特别，既无澈绿胜蓝的海水，亦无细软似糖的白沙，若不是为了拍摄需要——得契合夏威夷"碧海蓝天"的主题——我断不会把自己丢这儿暴晒。但踩入水中，便想与它更亲近，恨不得一头扎进去，把自己融入大海。海洋就是有这样的魅力。无奈也不能撒开玩，既要掌握时间准备回程，还得抓紧拍多几个画面。我是真的晒融了……回去发现自己就似一根烧过的柴，黑成炭！

"环球游"第二十四站茂宜岛，游离在工作与玩乐之间，很是享受。就此结束夏威夷群岛第二日行程。

5月13日 / 夏威夷·檀香山 / 晴

　　"环球游"第二十五站欧胡岛 (Oahu)，首府火奴鲁鲁 (Honolulu)，夏威夷语意指"屏蔽之地"。早期盛产檀香木，且大量运回中国，被华人称为"檀香山"，这个名字相信国人并不陌生。夏威夷州约 80% 人口聚集在此，东距美国旧金山 3846 公里，西距日本东京 6200 公里，是太平洋地区海空运输的枢纽。

　　檀香山上，椰林树影、游人如织的威基基海滩，可谓世上最老牌的著名海滩。但今天内心真正期待的却不是这片轻松宜人的沙与海，而是沉重百倍、世人皆知的二战要塞——珍珠港。

珍珠港

珍珠港 (Pearl Harbor) 位于檀香山西侧，自 1911 年起，这里便是美国太平洋舰队和空军的总部和基地。1941 年 12 月 7 日，日本偷袭珍珠港，美军猝不及防，伤亡惨重，1177 名将士遇难。3 万吨级的美军战舰亚利桑那号 (Arizona) 被击沉，另有多艘美国军舰和上百架飞机遭到摧毁或重创。时任美国总统罗斯福随即对日宣战，并将这天称为"国耻日"。太平洋战争由此拉开序幕。

二战胜利 70 周年的今天，来到这片港湾。战争向来不是我迷恋的题材，可世上只有一个珍珠港，我挣脱不了此地对游人散发的诱惑。

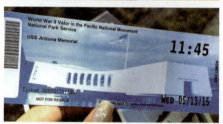

亚利桑那号免费参观，但每天只派送一定数量门票（有说是 2000 张，有说是 3000 张，无从确认），建议还是尽早到达。我们很早便出发，到达珍珠港才 9 点多些，拿到的门票已是 11:45。

所幸整个园区遍布与珍珠港事件相关的博物馆与文物，一圈走下来也差不多，两小时等待转眼便过。通过安检进入园区，任何视线都无法绕开这个巨锚，右方铁牌铭刻着美国人对此事的态度："We will never forget（永不遗忘）。"

附近停泊着多艘军舰,可惜军事盲如我,除了身后那座白色的亚利桑那号纪念馆及其附近的日本签署投降协议的密苏里号战列舰(Battleship Missouri),其余都搞不清楚。还有各式各样的飞机炮弹,军事迷来到一定乐而忘返。

TIPS 小贴士

这里极为炙热,要做好防晒措施,及时补充水分。我决定把时间留予几处博物馆,至少不用在户外暴晒。珍珠港事件除了能拍出一部史诗式的好莱坞电影,还能谱写各类书籍,游记这三分薄地实在不够娓娓道来,建议对历史背景有一定了解后再来参观。

每段厚重的历史事件背后,都有无数动人的故事。如何挖掘与宣扬,取决于当局的态度及"功力"。战争本身已无须评价,偷袭一方自是永远被钉在耻辱柱上,然而在历史场景保护与爱国教育基地方面,珍珠港确是当之无愧的佼佼者。馆内的叙述,从20世纪30年代的美国开启,自国内环境讲到当年国际局势、军事装备等。

旁边场馆则着重回顾"偷袭珍珠港"当日所有细节。精确到分秒的袭击过程、亲历者的采访片段、所用武器设备、各类历史图片等，完整再现美国国耻日的惨烈状况。

珍珠港事件后，日本人在夏威夷的地位一落千丈，即使你在此土生土长，你也不再被视为"美国国民"，你永远只是一个"日本人"。这样的内心交战与精神压力，可想而知有多苦痛。战争中最受罪的向来是平民，任何一方皆如此。里面有种透不过气的感觉，无论事件过去多少年，战争给人的压迫感始终沉重。不想被刻意放大的伤痛持续刺激神经，宁愿走出来再晒晒太阳，呼吸一下正能量。

环形布置，一圈走下来，去到出口处便是当时的日本情况介绍

No matter how severely injured, we will fight for life. "无论伤痛有多深重，我们将为生命而战。"这句话镌刻在铁碑之上，也钉在了我的心上。看到那刻热泪盈眶，在战争这个人类最丑陋的画面之下，任何折射人性光辉的点滴都令人动容。

时间差不多，准备去剧院。先按门票时间看一场纪录片，再坐客轮摆渡去海中央的亚利桑那号纪念馆（需要中文语音介绍的，可预先在柜台租借耳机，$7.5/台）。

影片由下图右方的美眉揭幕，介绍注意事项、背景资料等。当中有句话让人印象深刻："此片无疑会解答一些问题，但看后必将引发更多反思。"的确，我最好奇的便是我们与美国、日本对战争的态度差异。日方至今不肯直面在亚洲各国犯下的罪孽自是令人发指，但撇开这点，为何美、日在经历偷袭珍珠港、广岛原子弹后，至今仍能和平相处？不仅在国际合作上，而且在国民内心态度上，他们并不憎恨对方——虽然也是利益使然，但确实没有我们那般从骨子里化不开的国恨家仇。是因为日本对珍珠港犯下的过错未至于罪不可恕？还是因为珍珠港事件虽为"国耻"，却只伤到美国皮毛，未动到筋骨？或是因为美国投了原子弹，大仇已报？那日本怎也不恨美国？又或是两国国力已足够强大，方容得下屈辱，将其留在历史？算了不再展开，这只是一篇轻松的游记。

观影结束，从剧场出口登上渡轮前往纪念馆

225

亚利桑那号沉睡在清澈的海底，只露出部分遗骸。一座白色花岗岩纪念馆伫立在它身旁，默默地守护与缅怀。时至今日，亚利桑那号依然在渗油，据说还将持续 100 年……那是为悼念战争而流下的眼泪吧？

纪念馆尽头是圣室，大理石墙体镌刻着 1177 名遇难海军将士的名字

1945 年 8 月 15 日正午，日本裕仁天皇通过广播宣布无条件投降。1945 年 9 月 2 日，日本新任外相重光葵代表日本天皇和政府，陆军参谋长梅津美治郎代表帝国大本营，在投降书上签字。密苏里号就在附近，两艘历史名舰，分别标志着美国二次大战的始与末，一段美国二战史真实完整地呈现于世人眼前。时间所限，我们没再前往。

每批游客在纪念馆停留约半小时，待下批游客到达便需离开。鞍型纪念馆由夏威夷本土建筑师阿尔弗莱德·普利斯设计，横跨在亚利桑那号遗骸之上，与沉船形成十字架造型，寓意对死者的追悼。透过镂空的拱形顶部，抬头可见被白色框架分割的蓝天上空，飘扬着一面星条旗。与旗杆连接的，正是亚利桑那号微露水面的主桅杆。

正如那日在纽约"9.11"遗址反复问自己："该以何种神情来面对这一切？"笑容自是不当，悲痛却也不合时宜，莫不如静思。于我而言，珍珠港之于檀香山，恰似梵蒂冈之于罗马，即使只有两小时在此地，也必须前往。

夏威夷皇宫

　　所幸我们不止两小时，离开沉重的历史纪念馆，换上轻松的心情继续出发。除了 Waikiki 海滩应该看一眼，伊奥拉尼宫 (Iolani Palace) 也不能错过。这是美国领土上唯一的皇宫，也是夏威夷王朝的故宫。此乃夏威夷最后两任君主的官邸——国王卡拉卡瓦（他于 1882 年修造了这座宫殿）和他的妹妹及继承人——女王利里奥卡拉尼。

　　皇宫左侧是游客中心，可以观看资料片，也有纪念品出售。下图这些人偶挺别致，放在透明匣子中，只有几厘米大小。

　　皇宫背面是参观入口，购买门票后在此等候，不同参观点票价不等。还得去沙滩，容不得久留，就没进去。

夏威夷王朝末代君主，照片？画像？傻傻分不清楚，据说女王还是一位作家和作曲家，并留有不少名作

227

皇宫正门对面是一座名为阿莱伊奥莱尼希勒(Aliiolani Hale)的建筑。Hale 在夏威夷语中是"家"的意思，Aliiolani 是建造者卡美哈美哈四世的别名，可惜建筑还未完成他便去世，现为夏威夷高等法院等政府办公用地。

宫殿前的这座镀金雕像是卡美哈美哈一世(King Kamehameha)——夏威夷王国的创始者，据说卡美哈美哈大帝长相丑陋，雕像并不是根据他的真实外貌所铸造，却把其威严气势表现得淋漓尽致。

为何整个皇宫我就只有这张"头发甩甩"的照片？因为爸妈都躲在"御花园"树荫下乘凉，受不了跟着我在烈日下瞎逛……

启程去沙滩！市中心交通便利，很多线路都去 Waikiki。车票两小时内有效，任意换乘（感觉跟旧金山是一样的）。

威基基海滩

　　威基基（Waikiki）位于阿拉威运河（Ala Wai Canal）和太平洋之间，有许多知名餐厅、商场、酒吧，每年吸引过百万游客前来。檀香山大多数高级饭店皆坐落于此。

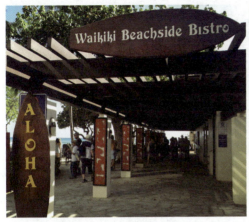

在我看来，这片沙滩真的到此一游足矣。游人实在太多，放眼望去一片杂乱

　　当然，水上运动、晒太阳、夜生活……但凡享受其一，观感也许大不同。在四周撒欢的游人眼中，压根没打算下水的我才真正是无趣至极、暴殄天物吧？在这片岩石玩了许久，贪图此地安静，而且有个绝佳的角度欣赏日落。

　　没有放空度假的心情，只是浮光掠影，大概再好的景色也只能辜负。就留下一串脚印，随海浪而去吧……挥别威基基，不带走任何留恋。

附近有不少露天集市，还蛮有意思，慢慢逛应该能淘到不少好东西，都挺有夏威夷特色。

现场制作木雕的手艺人，在茂宜岛也见过，很精彩，每次都忍不住驻足围观

威基基离码头不远，十分钟车程便回到。夕阳开始美好起来，真迷人！

每位乘客都收到一束娇嫩的兰花，欢送邮轮即将驶离夏威夷，为美洲篇画上句号。行程已近尾声，大家纷纷追问彼此是否不舍，说真的，我没有。旅途本就不是生活，再华丽的旅程都不过是奔向终点、回归生活。看过每一站的风景、享受每一地的风情，已是圆满。

夕阳散发着万丈余晖，与我们温柔道别。餐桌间谈笑风生，结束"环球游"第二十五站檀香山。开始往家的方向行进，下一站，日本。

5月16日 / 国际日期变更线 / 晴

这是一篇严格意义上不存在的游记：昨日是5月15日，今日是5月17日，我的人生没有2015年5月16日。得悉此消息之初惊愕不已，无法接受生命中竟少了一天！了解个中缘由后，逐渐明白这份"缺失"有多么稀罕。

这天到底去了哪，为何凭空消失呢？

梦幻的解释： 这一天去了未知的平行世界，献给那个世上的另一个我。

现实的解释： 环球途中时差逐步后推，已落后北京时间20小时，为了追赶亲人们的步伐，必须跳级！

直白的解释： "出来混，迟早要还的……"这是船友们针对此事最爱说的一句玩笑话。

客观的解释： 今日由东向西越过国际日期变更线，作为地球上"今天"和"昨天"的分界线，日期需加上一天。

国际日期变更线

何为国际日期变更线 (International date line)？且听我细细道来：为避免日期上的混乱，1884年国际经度会议规定了一条经线为"日期变更线"。这条线位于太平洋的180°经线附近，成为地球上"今天"和"昨天"的分界线。凡越过这条变更线，日期都要发生变化：从东向西越过，需加一天；从西向东越过，则减去一天。

由于不少国家领土跨越这条线，为免同一国度出现两个不同日期，这并非一条直线，而是折线。它自北极起，通过白令海峡、太平洋，直到南极。环球行程完整绕地一周，我们必将跨越这条经线，注定"失去"一天。看似亏了，其实不过是之前时差一直后推，赚的"便宜"还回来而已。

本以为走过世上最大的两条人工运河已是圆满，未曾想后面还有如此惊喜。为这消失的5月16日起了个妙曼的名字：世上最美之遗失，并把今天定为《环球欣游记》特辑最后一个拍摄日，好好纪念这"得失"之间的缘分。

世上最美之遗失

还有不到 10 天，梦幻般的 86 日环球之旅便将结束。除去岸上游玩，剩下时光都在船上度过，就用画面重温这些走了无数次来回的路：

清晨先去上意大利语课，每日咖啡厅准点报到；结束后偶尔会留下写写稿子，这里的艺术氛围实在太适合创作。午后有时会到室内的花园长廊看书，这边的阳光温暖却不灸热。

日落时分，温度合适便游上几圈。天凉不下水，也会躺甲板长椅晒晒太阳、吹吹海风，闻闻大海的味道！

晚宴也是船上生活的重要一环，来到这条始终惊艳的透明旋梯，特意换上纯白礼服，用心定格最美的时光。

船上有间小小的教堂。一直敬重有信仰之人，并非笃信某个宗教或组织，才算拥有信仰；对善念的秉持和践行，便是人生在世最崇高的信仰。

位于顶层的米其林餐厅，媒体晚宴都是在此小聚。牛扒大虾是我最爱菜式，没有之一。窗外便是浩瀚大海，"无敌海景""一线江景"此等最抓眼球的字眼，回去后应该不会再被轻易迷惑了吧。

夕阳如约上演每日大戏，
配合千变万化的云卷云舒、铺陈永不重复的上帝杰作。
只有在水中央方能见此美景，是来自海洋的赏赐。
这趟承载着无数人梦想、肩负圆梦使命的巨轮，
在夕阳之下开往明天。
再见，我消失了的 2015 年 5 月 16 日

船员体验日

名额紧缺、限时抢报的体验日活动，可自选感兴趣的船员岗位，跟随他们体验一日生活。这已是最后一次举办，前两次都来不及报名，若再擦肩而过，也许便是此生遗憾了（夸张手法，很适合煽情）。还好最终如愿，华丽丽地担任了一天邮轮总监！

极具收藏价值的总监工牌，到手！还有这件船员制服，体验日第一项任务便是绘制个性化 T-shirt。一直很想体验却苦于挤不出时间的手工课堂，终于得偿心愿。

其实很想穿上船员真正的制服，可惜被告知邮轮总监职位太高，已不用穿制服……呃，可惜！好吧，唯有随意穿了。

这位便是邮轮总监 Giovanni，高大威猛，笑容亲切。体验日在总监办公室开启，首先处理各类文件。《Today》（开篇介绍过的邮轮每日派送的最新资讯）接下来几天的各项活动、安排，都在等待他的审批确认。

他找了几件小事让我直接打电话交代相关部门，对方一接通就喊"Giovanni"，然后听到我的声音便忍不住扑哧笑出来。还好大家都知道今天是船员体验日，不然这误会可大了……各项任务布置完毕，他开始带我四处巡视。基本各个部门都去到——是为了让我好好熟悉邮轮，才这么周全吧？若每天强度都如此，实在太不容易了！挑几个好玩的分享：

顶层甲板在如火如荼地上演船员与乘客间的排球决赛。Giovanni 把船员队的主力干将拉过来为我介绍，是娱乐团队的管理人员。眼前这俩意大利帅哥都很高，不下 1 米 9，打排球自然占优势嘛！乘客队正在惨败……我要不要用万能胶把他的手粘住，出奇制胜？

这是广播台，位于二楼大堂前台后方的办公室。临时收到重要信息，需即时通知全体人员："前方海域监测到台风'海豚'风力极强，邮轮决定绕行，有可能延迟到达日本，希望得到乘客理解。"安全第一嘛，理解。可他说信息太重要了，不敢让我玩……"What？玩？"你不知道姐是专业的么？算了，他真的不知道。

来到剧场后台，各种演出华服，看得我心花怒放。好久没进后台了……业务会不会生疏？

每天下午的剧场演出都由 Giovanni 主持，作为"一日总监"的我自然也得加入。数十天没开嗓，终于可以回归老本行，好感动！他告诉我午饭后就得彩排。平日演出时段多在游泳或看夕阳，难得完整看场演出，今天算是一次补足。

最后上到9楼泳池，这里正在进行寻宝游戏。"李逵"总监认真视察去了，"李鬼"总监偷懒躲在舞台边乘凉。忽然发现这面背景板是乘客优秀摄影展，我还没签字呢！来吧，留下大名。

活动安排有多丰富，我们就有多奔波。一层一层地跑，直待所有活动视察完毕（还有二楼的手工课、一楼的厨艺课），感觉腿在默默颤抖……上午工作总算告一段落！午餐结束后，休息会儿就得彩排，这节奏感觉比岸上观光还耗体力啊！但是，辛勤是有回报的！今天演出实在精彩，彩排我连看了两遍，依然意犹未尽。据观赏经验丰富的李先生总结："这场综合汇演算得上数一数二"，暗自有种赚到的感觉。

候场期间，Giovanni 告诉我，到达日本第二天，会有一位新的邮轮总监上船接替他的工作，因为他要休假了！想必他比我们任何一个人都期待到达日本吧，哈哈。据说晚宴时分，邮轮总监还得带领是日秀场演员绕场一周致意……Oh! No! 毫不犹豫地推辞掉！！就以业余总监的专业主持结束精彩的船员体验日吧："Ciao（ Ciao 是意大利语中，好友之间相互问候的口头语，既有"你好"，也有"再见"之意）！"

演出结束后见天色还亮着，上甲板碰碰运气，夕阳没有辜负我的期盼，竟如此美艳！这样的画面不知何时才能再次遇见？

晚霞为最后一篇"海漂"打上句点。

离家越来越近了，务必珍惜每一刻的船上时光。

5月22日 / 日本·横滨·镰仓 / 晴

"环球游"第二十六站日本，回到亚洲，停靠横滨港。这一站被赋予特殊意义，因为已是环球之旅最后一站。本已略显疲倦的身心，又燃起熊熊激情。时间充裕，先在镰仓和横滨转一圈，再去东京。

镰仓·圆觉寺

镰仓是神奈川县的一个临海城市，有近千年历史。兴建于公元12世纪，作为当时的政治中心，佛教文化繁荣。幕府时代结束后，城市一度衰落，但古建筑群却保存得相对完好。江户时期开始，镰仓作为首都附近的旅游地又再次兴盛起来。现在的镰仓，是仅次于京都和奈良的日本知名古都。

　　日本公交极为发达,从横滨坐 JR 过来只需换乘一次。镰仓古寺众多,时间有限不能尽览,选择了 JR 横须贺线北镰仓站边上的圆觉寺。圆觉寺建于 1282 年,位列镰仓五大名刹之一,采用典型中国佛寺院设计,是日本现存最古老的中式建筑。

　　寺院依山而建,院舍呈长列排开,山下有一水潭,称为白鹭池。据传此名源于当年鹤冈八幡宫 (镰仓地标) 的神明显灵,派遣白鹤引导"无学祖元"大师来此建寺。无学祖元是圆觉寺的第一位住持,祖籍中国宁波。

　　圆觉寺自创建以来,深受人们喜爱,很多北条氏族及朝廷豪族都在此皈依,兴建了许多建筑。可惜寺院多次遭遇火灾,直到江户时代末期才得以重新修复。寺内景观众多,若要逐一细看,半天时间少不得。门票 300 日元 / 人 (约人民币 15 元),入内即见这座"山门"。

往里再走一段便是这个院落，"佛殿"坐落于此。佛殿内堂的观音菩萨与顶上壁画，别有一派道骨仙风。佛殿后方是名为"方丈"的僧院，寺里的重要法事多在此举办。

"舍利殿"则需再往深处走，这是日本最古老的中国唐朝风格建筑，被当地政府列为国宝保护，是无学祖元当年开山时的院舍。可惜殿内不开放，只能倚门张望。见到几位僧人走过，想起了可爱的一休哥。

算了，大概缘分未到，来过便是。

附近还有座小院落，虽然汉字都看得懂，就是不明白是作何用。有位上了年纪、穿着和服的老夫人正在整理物品。画面太优雅，不忍打扰。院落名为"选佛场"，门口有位僧人在打扫，接近闭门时间了。

还有白鹿洞、百观音、如意庵等地，多处可供游人求签解卦

满眼的翠绿，既富生机又有禅意。浸润于深山佛寺，花草也沾上了几分灵气

日文完全看不懂，幸好不时能见到汉字……走那么多地儿，最苦恼便是在日本，英文这个傍身功能算是废了。日本人民的英语着实不行，尽量找年轻、看上去像大学生的问路，依然无法沟通。他们是有多不重视"国际语言"？但人家本土文化保护得很好。

纪念品都是些小玩意，没啥特别。这趟行程，每次一想到严重超标的行李，就得忍，我的"忍手神功"已被锤打得无坚不摧。4点关门，离开时见到入口处停着两部单车，很是羡慕。如此清幽宁静的小城，若有时间肆意挥霍，我也会骑着单车吹着山风随处游走。

在山脚边转悠了会儿，感觉这里只适合"慢"游，心中还有太多愿望的我们，无法沉淀下来享受那份古朴与安逸。还是趁天色尚早，动身回横滨吧，去看看日本最大的唐人街。

横滨·中华街

　　横滨距东京30公里，是日本第三大城市，东临东京湾、南是横须贺港、西倚富士山、北接川崎市，人口仅次于东京。

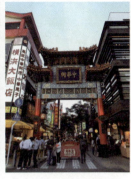

　　横滨中华街是日本乃至亚洲最大的唐人街，这片具有140年历史的华人聚集地，约有三四千名华侨居住于此。时至今日，这里已成为横滨市旅游观光胜地，每年接待游客达2000万人次，其中日本人约占95%。每逢周末假日，中华街上人头攒动，生意兴隆。

　　中华街东西南北四个入口各竖立起高大牌楼，雕梁画栋，闪耀着中华传统艺术之光。还有好些庙宇，要想都走一遍也是挺费脚力和时间的事儿。不打算"集邮"了，见到一个是一个。

JR 石川町车站出口右转便是这个大牌坊，背面显示此乃"西阳门"

　　再往下走就是延平门，"中华街"三个金漆大字在夕阳下熠熠生辉。资料显示，当地华侨祖籍以广东为主，但感觉不如旧金山亲切——那里真是满耳粤语，此地听着却基本是摸不着北的日文。

中华街以餐馆为主，被誉为"美食天堂"，有近两百家中华料理店。粤菜确实很多，约占半壁江山，其余还有苏菜、沪菜和川菜等。此地华人曾有知名的三把刀："剃头刀"代表理发店，因为不及日本人善于经营，中式理发店已近销声匿迹；"裁剪刀"代表裁缝店，在机器制衣盛行的今天，光凭双手自然也难以竞争；最后便只剩下做料理的"菜刀"，而真正守得住菜刀的，也只剩下这条中华街。

除餐馆外，中华街还开设杂货店、药妆店、服装店、手工艺品店等。卖的东西虽然也很"中国"，但大多已融入日本特色。

饥肠辘辘，又是时候饱餐一顿！来到东瀛，自然要吃地道美食，可附近却难找日本料理。走了许久，回到车站附近，才在牌坊旁见到两家居酒屋。看这家写着连锁字样，便进去了。菜式不华丽，胜在食材好，鲜甜刺身、清香梅酒、惹味串烧、海盐大虾、芝麻烤翅、地道煎饺……嗯，就是这个味儿！

横滨·港未来 21

　　身处横滨，很难绕得开港未来。一是因为那座地标式的巨型摩天轮 (Cosmo Clock21) 实在显眼，二是这片区域吸取了整个城市的日月精华，尤其在夜里，可谓流光溢彩、美不胜收。此地原本只是一个临海的造船基地，20 世纪 80 年代起，日本人用 26 年时间改建、扩建、填海，将其改造成一个新的滨海中心区。

　　小情侣靠在海滨长椅，你侬我侬地看着摩天轮，能坐上一晚；摄影发烧友摆好三脚架，各种镜头切换取景，能拍上一晚；三五知己在附近红砖厂，找家心仪的餐馆咖啡厅，能喝上一晚；各地游客漫步在木栈长廊，吹着海风饱览美景，也能看上一晚……想拥有宁静却璀璨的一夜，这里不会让你失望。

摩天轮对面，停驻着一艘名为"日本丸"的帆船，白天时段开放参观

横滨之夜，忘却世俗浮躁，只求惬意悠游。慢步踱回邮轮，身旁美景如画，感觉连呼吸都是甜的。

　　环球游第二十六站日本，未完待续，继续向东京进发。

至于摩天轮所在的 Cosmo World，其实是个大型游乐场，里面拥有数十项游乐设施，包括过山车、海盗船等，年轻人可以去刺激痛快一把；也有不少温和轻松的游戏，适合亲子同乐

5 月 23 日 / 日本·东京 / 晴

"环球游"第二十六站日本第二天，东京一日游。曾经去过北海道，首都东京却是初次见面。这座亚洲重量级大都市，是国际知名的金融、经济和科技中心之一，集现代化、繁华、昂贵、拥挤、时尚、购物、美食、人文……数之不尽的关键词于一身。今天注定无法细品，初体验必须做出取舍。决定只看"古味"，行程如下：上野公园—浅草寺—皇居。

上野公园

　　横滨码头有巴士免费接送到 JR 樱木町站，可直达东京上野公园。上野公园位于东京台东区，面积达 53 万平方米，是日本第一座公园。这里原是德川幕府的家庙和一些诸侯的私邸，1873 年改为公园。上野公园是东京最著名的赏樱胜地，园内樱树多达 1200 株。樱花时节，风过之处落樱雨下，蔚为壮观。可惜已错过樱花季，就这么随意看看吧。

　　著名景点众多，有动物园、博物馆、不忍池等。东照宫也是其一，这是日本江户幕府时代的杰出建筑，祭祀着德川家康和丰臣秀吉两位被神格化了的幕府将军，也是日本最夸张奢侈的建筑物代表。

　　走去不忍池路上，经过"上野大佛"。这原本是一尊高约6米的释迦牟尼坐像大佛，由于数度遇灾严重损坏，现存部分仅剩脸部浮雕。因其脸部浮雕"不落地"，与"不落第"（即考试合格）发音相同，又称"合格大佛"。里面不让拍照，开始并不知道，被劝止前随手拍了几张。

还有个小乐园，就在动物园边上。去那天正好周六，很多年轻父母带着小朋友过来玩。

　　喷水池后方的红顶建筑便是东京国立博物馆——日本历史最悠久的博物馆，分主馆和东洋馆。今天实在没时间慢慢观赏，以后有机会再说。

浅草寺

上野公园地铁站（距离 JR 车站约 5 分钟步行路程），坐橙线三个站便到浅草寺。

浅草寺是东京都内最古老的寺院。相传公元 628 年，两个渔民在宫户川捕鱼，捞起一尊高 5.5 厘米的金观音像，人们认为是观音显灵，便集资修建了一座庙宇来供奉，这就是浅草寺的前身。其后该寺屡遭火灾，数次被毁，多番修复。江户初期，德川家康重建浅草寺，并把这里指定为幕府的祈愿所。

今日的浅草寺，既是东京最著名的寺庙，也是东京人口密度最高的地方之一。每天都有许多人前来祈福保平安，尤其在元旦时节，前来朝拜的香客可谓人山人海——其实无需等到元旦，随时都能感受到此地的人气，在"雷门"根本别想拍到一张背景干净的照片。

　　穿过雷门，自南往北通向宝藏门，当中有条长约140米的铺石参拜神道，称为"仲见世通"，沿途遍布过百家店铺，既有浓郁日本特色的各类知名小吃，东京名点雷米花糖、人形烧、炸糕、煎饼、丸子等；也有琳琅满目的纪念品，如江户玩具、和服、饰品、各类摆设。

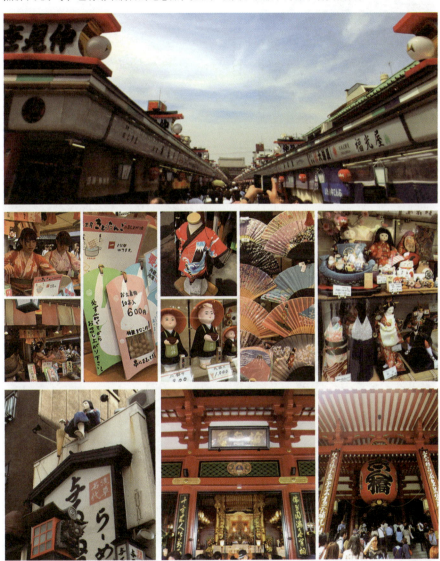

这一带看到好几个坐屋顶的大人偶，　　浅草寺内堂外香火非常鼎盛
不知除了摆设，是否还有别的含义

在浅草寺可以求签问凶吉，签分几类：大吉、吉、半吉、小吉、末吉、末小吉、凶等。抽到吉祥的自然要好好保存，如果不走运抽到"凶"，千万别郁闷地带走，日本人相信系在签架上便可驱散霉运。

浅草寺内堂的建筑风格极像中国的佛教寺庙，但五重塔却是典型日式风格。在日本的明信片和各类画册中，五重塔都是很有代表性的一景。

见到很多穿着和服的妹子，好喜欢；这次实在没时间，下回必须试穿一穿

腿软，歇歇。在浅草寺就是马不停蹄地逛各种小店，绝对的体力活儿

走走停停，别忘了看向远方，曾经的世界第一高塔"东京天空树"屹立在艳阳之下

皇居

　　从浅草寺前往皇居需要转两次线，但也很方便，有搭乘地铁经验的游客一般都没问题。不建议自己判断路线，因为东京地铁网实在复杂，纵横交错，最好的办法是把行程告知车站工作人员，他们会帮忙找出最合理快捷的换乘方式。地铁出来便是皇居外苑。经过这片被誉为"都会的绿洲"的大草坪，见到很多人在晒太阳或野餐。这里距离真正的皇居还得走上大概 10 分钟。

　　日本皇居是天皇的起居地，位于东京市中心的千代田区，隐藏在郁郁葱葱的树林和庭园深处，周围有护城河环绕。天正十八年（1590 年）由德川家康修筑。这处占地 23000 平方米的日式建筑，有着传统的绿色瓦顶、白色外墙和褐色铜柱。

　　皇居位于现代化大楼林立的东京站附近，依旧保有江户时代沿留下来的韵味。作为东京代表性的名胜景点，见证了时代的变迁，守护着东京的子民。内苑部分开放参观，可在网上预约；无奈到达前几天才开始搜东京资料，上网一查早已排到 6 月。内宫只有 1 月 1 日新年和 12 月 23 日天皇诞辰这两天开放，东御苑 9:00~16:45 开放，皇居外苑则是全天开放。因此，前广场和二重桥随时都能见到。

东京站

从皇居前广场步行至东京站只需 5 分钟路程。想在附近逛会儿买点东西，再次见识到日本市民对英语的无视。一个简单的问题："请问附近哪有大商场？"难倒了我挑中的所有路人。嗯，一定是我运气不好。

车站旁有两栋大楼，警察说那就是商场。一圈下来，餐厅见到很多，卖东西的商场却没几家。有几间小铺子还挺有趣，卖的都是些小物件。日货之所以吸引女生，大多缘于精致吧？能把一件简单的事情做到极致，本就不凡，他们能把生活中每个细节都钻研到极致，不得不说确实匠心可贵。除此之外，这商场实在没意思，又不想再辗转去银座，干脆早些回横滨。入站前见到一家外卖寿司店，看起来很新鲜，忍不住买了盒。好好吃！

回到横滨，特意走了条与之前不一样的路，离摩天轮又靠近了些。无须赘述横滨的夜晚如何迷人，直接把时针拨去登船那刻。巨轮倚在岸边，展开笑颜、敞开怀抱，呼唤游子归来："累了、倦了、乏了……回家吧。"日本，环球之旅最后一站。细想惊悉：今夜岂不是整段旅程最后一次登船？这座温馨陪伴了我们数十日的"家"，已是心底永远的乡愁。

美丽的大西洋号，不知下次依偎在你身旁，会是哪年哪月？

不说再见

便感觉从未道别

86 日环球之旅，不说再见，因为此生必将永念。

环游世界是多少人的梦想?

又有多少人能在最美好的年华实现?

船友计算得出，环球总航程达 10 万里，

相当于四个"万里长征"。

知悉数据，俱有荣焉。

是怎样的运气，才让我见证到如此圆满的绕地之旅?

除了感恩，再无它话。

带着190公斤行李与无法言说的甜蜜回忆，平安到家。环球之旅最有分量的纪念品便是这批冰箱贴，每一面都镶嵌着各地足迹、镌刻着苦辣酸甜。它们完整记录此行所有站点，丈量饱满无缺的绕地球一圈。

能在最美年华，实现最好的梦，还有什么比环游世界更值得骄傲？有，便是带上父母环游世界！每一面冰箱贴，都融入了爸爸的喜好偏爱或妈妈的精挑细选，能与他们一同向世界出发，才是此行最大收获。牵着父母手、环球一起走，美好得不像真实。

所以说：

梦想还是要有的，万一实现了呢？